L'ATHÉE,

DRAME EN CINQ ACTES ET EN VERS,

PAR

Th. FADEVILLE,

ANCIEN OFFICIER DE MARINE.

Si Dieu n'existait pas, il faudrait l'inventer.
VOLTAIRE.

PARIS,

BARBA, LIBRAIRE-ÉDITEUR,

Palais-Royal, derrière le Théâtre Français.

—

1837.

L'ATHÉE,

DRAME EN CINQ ACTES ET EN VERS,

PAR

Th. FADEVILLE, Ancien Officier de Marine.

PERSONNAGES.

MERVIL, père d'Eudoxie.
EUDOXIE.
Madame d'O., sœur de Mervil.
ARMANT, amant d'Eudoxie, athée.
NÉANTHIS, valet d'Armant.
SUZETTE, femme de chambre d'Eudoxie.
SAPHOUR, ami de Mervil, turc converti.
Un domestique de Mervil.
THOMAS, } pilotes.
GRÉGOIRE, }
MARIE, femme de Grégoire.
Le Maire de la commune qu'habite Mervil.

PERSONNAGES.

CARRACHE, }
MATHIEU, } habitants de cette commune.
JÉRIME, }
Le patron du canot du bâtiment de Saphour.
Le brigadier du canot.
Premier canotier.
Deuxième canotier.
Troisième canotier.
MATHURIN, fermier de la terre de madame d'O.
Paysans, }
Paysannes, } personnages muets.
Domestiques de Mervil, }
Canotiers, }

Tous les personnages ne paraissent pas en même temps.

ACTE Ier.

Le Théâtre représente un jardin, où sont trois bosquets, dont un très petit, un bassin au milieu ; au bout du jardin est un chemin communal; ensuite la mer. Thomas et Grégoire sont près d'une barque, Eudoxie et Suzette sur le devant du théâtre.

SCÈNE Ire.

GRÉGOIRE, THOMAS, EUDOXIE, SUZETTE.

GRÉGOIRE (à Thomas).

Eh bien! partirons-nous?

THOMAS.

        Ma foi, veux-tu m'en croire,
A Marseille, aujourd'hui, nous n'irons pas, Grégoire ;
Il fait un calme plat, et la mer, cependant,
Se gonfle et fait entendre un sourd mugissement,
D'une affreuse tempête, infaillible présage;
De l'horizon en feu, s'élève un noir nuage
Qui vient nous aporter la nuit dès le matin.
Le tonnerre déjà gronde dans le lointain.
Comme il vaut mieux, ami, chômer que de mal moudre,
A rester en ce lieu nous devons nous résoudre.

GRÉGOIRE.

Nous ne partirons pas, c'est un point arrêté.

THOMAS.

J'aperçois un canot par deux hommes monté;
Ils rament vivement, mais dans cet exercice,
Aisément, on le voit, l'un et l'autre est novice.

GRÉGOIRE.

Pour savoir avec art manier l'aviron,
Il faut et de l'esprit et de l'instruction.

THOMAS.

C'est bien vrai ; mais ceux-ci, d'une crasse ignorance,
Ne savent point nager ensemble, avec cadence;
Aussi, tous deux ont-ils brisé leurs avirons;
Ils veulent vainement se servir des tronçons.
Même de bons marins, se trouvant à leur place,
Ne pourraient éviter la mort qui les menace.
Par l'orage entraînés dans ces gouffres profonds,
Où la mer en grondant se jette en tourbillons,
Si quelqu'un ne va point à leur secours, Grégoire,
Pour la dernière fois, ils vont tous les deux boire.

EUDOXIE (à Suzette).

Que disent-ils? ô ciel! deux hommes vont périr!
Que ne suis-je en état d'aller les secourir !

THOMAS.

Mais il faut, mon ami, compâtir à leur peine :
Allons les arracher à cette mort certaine.

GRÉGOIRE.

L'orage approche; avant de hasarder nos jours,

1

Sachons s'ils ont besoin en effet de secours.
Tes yeux sont excellents ; mais crainte de bévue,
(Par fois tu t'es trompé) prends une longuevue,
Et dévisage un peu ce canot et ces gens.

THOMAS.
Je parie avec toi, si tu l'oses, dix francs
Que j'ai bien vu.

GRÉGOIRE.
Voilà ta chanson ordinaire :
Tu ne voudras jamais en rien me satisfaire.
Je m'entête, à mon tour, et ne veux point partir.

EUDOXIE (à part à Suzette).
Pendant leur différent ces mortels vont périr.
De leur affreux destin que mon âme est émue !
Si j'osais les prier !...

THOMAS.
Allons, ma longuevue.
Je te cède sans cesse et tu grognes toujours.
Je ne me trompais pas, c'en est fait de leurs jours,
Si nous n'allons bientôt les sauver du naufrage.

GRÉGOIRE.
Peut-être pourrais-tu distinguer leur visage ;
Je voudrais....

THOMAS.
Maintenant ils me tournent le dos,
Et dans les airs, tous deux, agitent leurs chapeaux
En signe de détresse. Ah ! l'un d'eux me fait face,
Et je peux à loisir examiner sa face.
C'est bien lui, ce monsieur venu dernièrement
Chez cet autre monsieur qui, tout nouvellement,
Se trouve possesseur de ce bien de plaisance.

EUDOXIE (à part à Suzette).
Suzette, soutiens-moi, je tombe en défaillance ;
C'est Armant ! juste ciel !

THOMAS.
Et l'autre est son valet.
Fort bien vu.

GRÉGOIRE.
C'est vraiment ce jeune freluquet
Qui dit que le hasard a tout fait sur la terre,
Et contre le bon dieu chaque jour vocifère.
Ça se nomme.... comment ?

THOMAS.
Athée est le seul nom
Que l'on donne à ces gens, vrais enfants du démon ;
Retiens ça.

GRÉGOIRE.
Son valet partage sa croyance.
Ils peuvent bien tous deux implorer l'assistance
De leur hasard ; pour moi, je ne m'expose pas
A courir des dangers pour de tels scélérats.

THOMAS.
Ma foi, ni moi non plus. Au fond de cet abime
Qu'ils trouvent aujourd'hui la peine de leur crime.

EUDOXIE (à part à Suzette).
Suzette ! je me meurs.

SUZETTE.
Reprenez vos esprits :
Par vos larmes, peut-être, ils seront attendris.
Parlez-leur.

EUDOXIE.
Sauvez-moi d'une mort assurée !
Oui, s'il périt, je meurs.... Ma raison égarée....
Je ne peux m'exprimer.... Je tombe à vos genoux....
Tout ce que je possède.... oui.... tout, tout est à vous.
Allez le secourir, partez, je vous en prie.

THOMAS.
Tenez, mademoiselle, avec vous je parie,
Mais sauf votre respect, que ce monsieur Armant,

Pour qui vous nous priez, se trouve votre amant.

EUDOXIE.
Oui, j'éprouve pour lui l'amour le plus sincère.

THOMAS (à Grégoire).
Vois comme tout d'abord j'ai deviné l'affaire.

EUDOXIE.
Dès le berceau je l'aime, et l'on doit nous unir ;
De son erreur, alors, je saurai le guérir....
Ayez pitié de moi, mes amis, partez vite.

THOMAS.
A cette douce voix certain trouble m'agite,
Allons, Grégoire, allons, laissons-nous attendrir.

GRÉGOIRE.
Non, non, tu peux tout seul aller le secourir :
Je sauverais un chien plutôt que cet impie.

THOMAS.
Regarde-la pleurer ; sais-tu qu'elle est jolie ?
Malgré mes cinquante ans ça me charme les yeux.

GRÉGOIRE.
Thomas, chacun son goût ; maintenant j'aime mieux
Un bon verre de vin que la plus belle femme.

THOMAS.
C'est égal, prêtons-lui l'appui qu'elle réclame.
Allons, viens.

GRÉGOIRE.
Non, mon cher.

THOMAS.
Souvent tu t'es vanté
D'être au moins mon égal en intrépidité ;
Tu redoutes pourtant d'affronter cet orage.

GRÉGOIRE.
Mon bras va te montrer si j'ai peu de courage.

THOMAS.
Quelque bien appliqué que soit un coup de poing,
Cent fois tu l'éprouvas, Grégoire, on n'en meurt point.
Mais à sauver ces gens il y va de la vie ;
Et tu n'oseras pas ; allons, je le parie.

GRÉGOIRE.
Ah ! tu le crois ! Eh bien, pour te faire mentir,
Avec toi, sur-le-champ, je consens à partir.

EUDOXIE.
Ces mots consolateurs me rendent l'existence :
Mes amis, une riche et prompte récompense,
Soyez-en très certains, au retour vous attend.

THOMAS.
L'intérêt n'est pour rien dans ce que j'entreprend.
Un plus noble motif et me guide et m'enflamme.
A l'Être tout-puissant je veux plaire, madame.
Si je n'étais certain d'une vie à venir,
Conserver celle-ci serait mon seul désir ;
Et comme l'or ne peut nous rendre l'existence,
Je me moquerais fort de votre récompense.
La seule qui me tente et qui touche mon cœur,
Est celle que là haut donne le créateur
Aux hommes qui, suivant ses volontés suprêmes,
Aux autres font le bien qu'ils voudraient pour eux-mêmes.
C'est pour lui seul enfin que je vais m'exposer ;
Ainsi gardez votre or. Mais c'est assez causer.
Grégoire, il faut partir ; viens, notre barque est prête.

GRÉGOIRE.
Je craindrais, disais-tu, d'affronter la tempête !
Sur la terre, sur mer, en tout, je veux, ma foi,
Te prouver que je suis aussi brave que toi.
Madame, ainsi que lui, n'ayant pas de l'aisance,
Je ne renonce pas à votre récompense.
Apprêtez donc votre or. Comprenez-vous !

EUDOXIE.
J'entends
Sauvez celui que j'aime et vous serez contents.

THOMAS.
Je réponds de ses jours.
(Ils sortent dans leur canot).

SCÈNE II.

EUDOXIE, SUZETTE.

SUZETTE.

Bannissez vos alarmes ;
Tâchez de vous remettre.... Allons séchez vos larmes.

EUDOXIE.

J'ai tort de me livrer, Suzette, à ma douleur ;
D'autant plus que je sens, en consultant mon cœur,
Que si mon bien-aimé vient à perdre la vie,
De la mienne, sa mort, sera bientôt suivie,
Nous serions séparés ainsi pour peu de temps.

SUZETTE.

Quoi ! mourir s'il périt ?... De pareils sentiments...

EUDOXIE.

Mon Armant m'est si cher ! Quelquefois il s'absente ;
Mon front décoloré, ma marche chancelante,
Mes yeux privés d'éclat, mes pleurs, font croire alors
Qu'un mal cruel et lent vient accabler mon corps,
Mais mon cœur souffre seul, et quand celui que j'aime
Revient auprès de moi, ce mal, à l'instant même,
Commence à se guérir, et bientôt disparaît.
Mais mon père revient, rentrons, il gronderait,
Car de quitter ma chambre il m'avait fait défense.
D'ailleurs, du pavillon qui sur la mer s'avance,
Je peux voir mon Armant et saurai son destin.

SUZETTE.

Le ruisseau se remplit, éloignons-nous soudain,
Partons ; pour le passer, il faut qu'on se dépêche.

(Eudoxie et Suzette sortent.)

SCÈNE III.

MERVIL, Mme d'O., SAPHOUR.

MERVIL.

Cet orage est venu terminer notre pêche.
Sans craindre nos filets, le poisson, grâce à lui,
Pourra, dans notre étang, s'amuser aujourd'hui.
(à Mme d'O.)
Mais d'un peu de frayeur vous paraissez atteinte.

Mme d'O.

Mon frère, vous savez jusques où va ma crainte,
Quand la foudre dans l'air fait entendre ses coups.

MERVIL.

Alors, pressons le pas, rentrons vite chez nous,
Avant que dans ces lieux cette tempête arrive.

Mme d'O. (à Saphour).

Ceci vous surprendra : je me sens moins craintive
Quand je suis en plein air que dans une maison.

SAPHOUR.

Madame, il se pourrait que vous eussiez raison.
Il est certain, au moins, que comme vous je pense.

MERVIL.

Mon cher, si l'on en croit pourtant l'expérience,
Vous errez tous les deux dans votre opinion.
Mais regardez, pendant cette discussion,
Le ruisseau, qui devant notre maison circule,
Et qui se trouve à sec pendant la canicule,
Par les eaux de la mer tout-à-coup s'est rempli.
J'ai fait ôter le pont qui se trouvait pourri :
Ainsi dans ce jardin il faudra qu'on essuie
Cet ouragan. Je sens quelques gouttes de pluie.
Sous l'un de ces berceaux à l'abri mettons-nous.
Mais celui-ci, Saphour, peut nous contenir tous ;
Pourquoi vous mettre à part ?

SAPHOUR.

Mon ami, je préfère
Être tout-à-fait seul quand il fait du tonnerre.

MERVIL.

Suivez votre désir,

SCÈNE IV.

LES MÊMES (dans les berceaux), ARMANT, NÉANTHIS, THOMAS, GRÉGOIRE.

THOMAS.

Point de remerciement.
Je n'ai rien fait pour vous. Mais marchons vivement
Pour arriver avant qu'éclate cet orage....
Ce diable de ruisseau nous barre le passage.
J'aperçois un abri ; Grégoire, ce bosquet
(à Armant).
Va nous couvrir tous deux. Au large, s'il vous plaît.
A vous tenir dehors vous devez vous résoudre.
Un monstre tel que vous doit attirer la foudre ;
Et pour prix de mes soins, monsieur, je ne veux pas,
Aujourd'hui, grâce à vous, recevoir le trépas.
Au large, entendez-vous ?

NÉANTHIS (à Armant).

Ce pilote s'amuse !
Entrons toujours, Monsieur.

THOMAS.

Je vous fais bien excuse ;
Mais j'éprouve pour vous une si grande horreur,
Que vous voir près de moi me met tout en fureur,
Et, sauf votre respect, ces poings pourront vous faire,
Si vous vous entêtez, une mauvaise affaire.

GRÉGOIRE.

Du valet je me charge et je veux que son dos
Soit avant un moment plus noir que nos chapeaux.

NÉANTHIS.

Je n'ai pas peur... Monsieur... cependant... la prudence.

ARMANT.

Je leur dois à tous deux trop de reconnaissance
Pour ne point me soumettre à leurs vains préjugés.

NÉANTHIS.

C'est bien dit, fuyons-les, car ils sont enragés.
Mais j'aperçois là-bas votre futur beau-père,
Allons auprès de lui.

MERVIL (à Armant).

Quand il fait du tonnerre,
Je veux qu'auprès de moi, chacun avec ferveur,
Adresse à l'éternel des vœux partant du cœur.
Voulez-vous le prier ?

ARMANT.

Je n'y crois pas ; c'est dire
Qu'à vos conditions je ne saurais souscrire,

MERVIL.

Alors, éloignez-vous.

ARMANT (à Saphour).

Saphour, je viens chercher
Un abri près de toi.

SAPHOUR.

Tu peux le voir, mon cher,
Dans ce petit bosquet une seule personne
Peut à peine éviter la pluie ; ainsi pardonne
Si je te prie ailleurs de chercher un abri.

NÉANTHIS.

Celui-ci nous refuse au moins d'un air poli.
C'est toujours quelque chose.

ARMANT (à Néanthis sur le devant du théâtre).

                    Au premier d'août, je pense,
Être mouillé n'est pas un malheur d'importance ;
Ainsi, prends ton parti sans quereller le sort.

NÉANTHIS.

D'un tel bain, cependant, je me passerais fort.

ARMANT.

Si ma raison a su s'affranchir des entraves
Dont tant d'hommes encor se montrent les esclaves,
J'en dois remercier les persécutions
Qu'attirèrent sur moi toutes mes actions ;
Et cela, Néanthis, dès ma première enfance ;
Ma mère ne peignait qu'armé de la vengeance
Ce Dieu, dont il fallait, pour arrêter les coups,
Sans cesse se priver des plaisirs les plus doux
Et les plus innocents. Tout devenait un crime
Qui devait me plonger dans l'infernal abîme.
Une sombre terreur agita mes esprits ;
De mes lèvres jamais n'approcha le souris ;
Je consacrai mes jours aux prières, aux larmes,
Et même le sommeil était pour moi sans charmes.
La raison vint enfin ; et grâce au joug affreux
Dont on m'avait chargé, mon regard lumineux
Sondant la profondeur des plus obscurs mystères,
A su me délivrer de ces vaines chimères
Qu'adorent à genoux les timides mortels ;
Et je voudrais pouvoir renverser leurs autels
Dans l'univers entier : tirant ainsi vengeance
Des maux dont elles ont accablé mon enfance.
En outre, Néanthis, on se trouve flatté
D'avoir su découvrir l'exacte vérité ;
Surtout, d'être doué d'un assez grand courage,
Pour, bravant tout le monde, oser en faire usage ;
Car par là, l'on fait voir un esprit élevé.

NÉANTHIS.

Un espoir si flatteur ne m'est point réservé :
Le hasard m'a fait sot, et je serai, je pense,
Toute ma vie un sot, malgré votre assistance.
Je ne m'abuse pas. Mais d'un peu de raison
Cependant le destin en naissant m'a fait don,
Et m'a pourvu, monsieur, d'assez grandes lumières
Pour juger entre vous ou bien vos adversaires.
Pour eux, lorsqu'ils parlaient je compris leurs propos ;
D'où je conclus, monsieur, qu'ils n'étaient que des sots,
Ni plus, ni moins que moi. Vous, c'était autre chose ;
Quand vous parliez du sort, du monde et de sa cause,
Si j'y compris un mot, je veux être pendu ;
Aussi, sans balancer, soudain je vous ai cru.
Voilà, me suis-je dit, un homme de mérite,
Puisqu'un sot n'entend rien aux discours qu'il débite,
Et lui seul, sans nul doute, a dit la vérité.
Je fis donc mes adieux à ma crédulité ;
Mes parens affligés, je les envoyai paître ;
Et, sous tous les rapports vous devîntes mon maître.
Mais le sort, aujourd'hui, pour ses adorateurs
Se montre bien méchant.

ARMANT.

                    Vas, bannis tes frayeurs.

NÉANTHIS.

Je n'ai pas peur..... pourtant ce tapage m'ennuie.
Nous sommes inondés par des torrents de pluie.....
Mais quel éclair !... mon Dieu !

(La foudre tombe. Armant et Néanthis se jettent à genoux.
    Le premier se relève tout de suite, honteux, et l'autre
    y reste plus long-temps.)

ARMANT.

                    Ah ! grand Dieu !

NÉANTHIS.

                                        Près de nous
Le tonnerre est tombé. Comme moi, vos genoux
Ont fléchi vers la terre, et votre bouche même,
J'en ai fait tout autant, a de l'Etre suprême
Imploré le secours dans ce péril pressant.

ARMANT.

Ces mots qu'on nous apprit, Néanthis, en naissant,

Grâces à l'habitude échappent à la bouche,
Sans pour cela qu'on croie à ce tyran farouche.....

NÉANTHIS.

Dans un autre moment, nous traiterons ce point,
Si vous le trouvez bon ; la tempête n'est point,
De bien s'en faut, finie, et, sous son influence,
Je suis prêt à penser comme dans mon enfance.
Mais, monsieur, le vent change et nous prend par devant.
Derrière ces berceaux, nous pourrions maintenant
Nous mettre un peu, je crois, à l'abri de l'ondée.

ARMANT.

Je consens, Néanthis, à suivre ton idée.

NÉANTHIS.

Allons nous y placer en trompant tous les yeux.

(Ils vont se mettre derrière le berceau où sont Thomas et
                    Grégoire.)

Mme d'O. (dans un berceau, avec Mervil).

O toi, jadis mortelle, à présent dans les cieux !
Toi, qui sais pour un fils jusqu'où va la tendresse,
Du haut du firmament, que ton regard s'abaisse
Sur ce monde troublé par cet orage affreux ;
Aux pieds de l'Eternel daigne porter mes vœux.
Que mon fils, maintenant éloigné de sa mère,
N'entende même pas le bruit de ce tonnerre !
Et que tous les mortels qui sont chers à mon cœur
Eprouvent comme moi ta céleste faveur !
Ou plutôt que mon vœu par un seul mot s'exprime :
Que personne, ô mon Dieu !... ne devienne victime
De l'orage effrayant qui redouble ses coups.
Daigne entendre ma voix.

MERVIL.

                    O ciel ! que faites-vous ?
Ai-je bien entendu ? Quoi ! c'est ma sœur qui prie
Pour le vil idolâtre et l'exécrable impie !

Mme d'O.

Ecoutez, comme moi, la douce charité,
Et renoncez enfin à la sévérité
Qui vous guide dans tout. Votre fille, mon frère,
Ose à peine lever sa tremblante paupière,
Ose à peine parler quand elle est devant vous ;
Contre elle vous semblez toujours être en courroux.
D'Armant, que je chéris, combien l'erreur m'afflige !
Mais, croyez-moi, veut-on qu'un jour il s'en corrige ?
Il faut bien se garder d'employer la rigueur ;
Mais on doit recourir, mon frère, à la douceur,
A la tendre bonté, qui du cœur se rend maître.
Il sera votre fils avant long-temps.....

MERVIL.

                                        Peut-être.

Mme d'O.

De le choisir pour gendre, à sa mère, pourtant,
Au moment de sa mort, vous fîtes le serment.

MERVIL.

Sous des conditions..... Sans vouloir vous déplaire,
Dans tout cela, ma sœur, je sais ce qu'il faut faire.

THOMAS (dans un berceau, avec Grégoire).

Voilà le coup de fouet ; l'ouragan va finir.

SAPHOUR (seul, dans un berceau).

O divin Mahomet ! daigne t'en souvenir !
Si parmi des chrétiens, je fais ma résidence,
Si même je parais partager leur croyance,
Ou si, du jeune Armant, égarant les esprits,
Ma bouche en frémissant prononce avec mépris
Le nom de l'Eternel, et, malgré l'évidence,
Ose avec lui nier sa céleste existence,
Je veux, en employant de semblables moyens,
Faire beaucoup de mal à ces chiens de chrétiens ;
En outre, convertir à tes lois Eudoxie,
Qu'il me faut enlever et conduire en Turquie,
Et me venger d'Armant, qui sut toucher son cœur.
Elle l'aime !... ce mot m'anime de fureur.
Leur amour mutuel, il faut pour le détruire.....

SCÈNE V.

LES MÊMES (qui sortent des bosquets), UN DOMESTIQUE.

LE DOMESTIQUE.

Votre fille, monsieur, nous a fait vous construire
En toute hâte un pont ; grâce à lui, vous pourrez
Traverser le ruisseau, monsieur, quand vous voudrez.

Mme d'O.

Je reconnais les soins de la bonne Eudoxie.

NÉANTHIS (à part).

Le pont vient à propos, la tempête est finie.

MERVIL.

Ne perdons pas le temps encor à discuter ;
Rentrons.

NÉANTHIS (à Armant).

Pour nous changer, je vais tout apprêter.
Le hasard, aujourd'hui, n'a point l'humeur aimable ;
Il se montre, monsieur, pour nous pire qu'un diable.

ARMANT.

Tu mets trop d'importance à de tels accidents.

THOMAS (à Grégoire, en regardant la mer).

Le navire l'*Actif*, malgré le mauvais temps,
Au mouillage de l'est, mon cher, se trouve encore.

GRÉGOIRE.

Que peut-il faire là ?

THOMAS.

Par ma foi je l'ignore.

(Ils sortent du même côté que les autres).

ACTE II.

SCÈNE Ire.

SUZETTE (seule).

Monsieur Saphour m'a dit en ces lieux de venir ;
D'un important secret il veut m'entretenir.
Si j'osais me livrer à la douce espérance !.....
On vient... O contre-temps ! Néanthis qui s'avance.

SCÈNE II.

SUZETTE, NÉANTHIS.

SUZETTE.

Pourquoi suivre mes pas jusque dans ce jardin ?

NÉANTHIS.

Il faut que je te parle encor de mon chagrin.

SUZETTE.

Toujours par ton amour serai-je tourmentée ?
Dans ses désirs, dit-on, la femme est entêtée ;
Si j'en juge par toi, l'homme l'est cent fois plus.
Mais toujours s'exposer à de honteux refus,
C'est se déshonorer, se dégrader soi-même :
Pourquoi donc t'avilir ainsi ?

NÉANTHIS.

C'est que je t'aime ;
Et lorsqu'un vif amour se niche dans un cœur,
Il en fait déguerpir l'amour-propre et l'honneur.
Pour mon plaisir, crois-tu que je souffre, Suzette ?
Ah ! depuis bien long-temps la chose serait faite,
Si de ne plus t'aimer était en mon pouvoir.
Que ton cœur de rocher s'amollisse à me voir.
Sur mon visage on lit la douleur qui me tue ;
Mon corps, jadis si gras, chaque jour diminue.
Allons, d'un peu d'amour paie au moins mon ardeur.

SUZETTE.

Vois, de ton air piteux, je ris de bien bon cœur.

NÉANTHIS.

Méchante ! puisses-tu connaître par toi-même
L'effroyable tourment d'aimer sans qu'on vous aime.
Non, mon cœur ne prend pas de part à ce désir,
Et malgré tout le mal que tu me fais souffrir,
Te savoir bien heureuse est ma plus chère envie ;
Pour atteindre à ce but, je donnerais ma vie :
C'est comme je le dis, et j'en fais le serment.
De m'accorder ta main, si je te presse tant,
C'est qu'avec moi, Suzette, et la chose est certaine,
Tu serais cent fois plus heureuse qu'une reine.

Mon père est bon fermier et possède du bien ;
Tu seras la maîtresse, et le sexe aime bien,
Dit-on, à commander : sois ma petite femme.

SUZETTE.

Non ; je dois avant peu devenir grande dame,
Ainsi me l'a prédit ce célèbre devin
Venu sur ce vaisseau qu'on voit dans le lointain.

NÉANTHIS.

Tu crois donc à son art ?

SUZETTE.

Oui. Saphour et ton maître,
Qui sont des gens d'esprit, si je sais m'y connaître,
Depuis qu'il est ici, souvent l'ont consulté.
Je vais être une dame..... oh ! c'est la vérité.

NÉANTHIS.

Pour qu'il en soit ainsi, je deviendrai, Suzette,
Un monsieur.

SUZETTE.

Pour cela, Néanthis est trop bête.

NÉANTHIS.

Oh ! que non !

SUZETTE.

Mais fais-moi, je te prie, un plaisir.

NÉANTHIS.

Commande, et sur le champ je te vais obéir.

SUZETTE.

Bien vrai ?

NÉANTHIS.

Sur mon honneur.

SUZETTE.

Va-t-en donc, et sur l'heure.

NÉANTHIS.

Eh quoi ! de mon amour tu veux donc que je meure !
Cruelle !... ingrate !..... Hélas !... que la mer, ce matin,
N'a-t-elle tout d'un coup terminé mon destin ;
Je ne souffrirais plus. Adieu, monstre !... tigresse !

SUZETTE.

Merci de tes douceurs..... Mais enfin il me laisse.

(Néanthis sort.)

SCÈNE III.

SUZETTE (seule).

Monsieur Saphour, ici, peut maintenant venir.

Si la prédiction doit un jour s'accomplir,
Peut-être que c'est lui que ce soin-là regarde ;
Car il m'aime et beaucoup... O grand Dieu ! qu'il me tarde
Que par lui... Mais il vient d'un pas précipité.

SCENE IV.

SUZETTE, SAPHOUR.

SAPHOUR (vivement).

Un mot. Mervil, usant de son autorité,
Veut rompre l'union d'Armant et d'Eudoxie.
Il faut la préparer à fuir en Italie.
Nous les suivrons tous deux, et là, si votre cœur,
Mademoiselle, peut partager mon ardeur,
Vous saurez le prouver en devenant ma femme.

SUZETTE.

(A part.)

Monsieur, je le veux bien... Je vais être une dame.

SCENE V.

SUZETTE, MERVIL, SAPHOUR.

MERVIL.

Je vous cherchais, Saphour.

SAPHOUR.

Je venais par mes yeux
Voir le mal que l'orage avait fait en ces lieux.

MERVIL (à Suzette).

Fais venir tout de suite Armant et ta maîtresse.

SUZETTE (à part).

Ta maîtresse !... ce mot et me choque et me blesse !
A ses ordres, pourtant, il me faut obéir ;
Mais bientôt, à mon tour, je me ferai servir.

(Elle sort).

SCÈNE VI.

MERVIL, SAPHOUR.

MERVIL.

Sachant quelle est pour moi votre amitié sincère,
Je veux vous faire part d'une importante affaire.

SAPHOUR.

Il faudrait que je fusse ingrat au dernier point,
Si même plus que moi je ne vous aimais point.
Ne vous devrai-je pas une immortelle vie !
L'intérêt nous liait, et j'étais en Turquie,
Où j'ai reçu le jour, votre correspondant ;
Nous nous enrichissions : vos lettres , cependant,
Au milieu des détails qu'exige le commerce,
Engageaient avec moi plus d'une controverse
Sur le Dieu qui créa cet immense univers.
Pour vous plaire, à la fin, je traversai les mers.
Votre éloquente voix, dans mon âme égarée,
Fit descendre du ciel la vérité sacrée,
Et bientôt votre Dieu devint aussi le mien.
(A part.)
Sublime Mahomet ! au grand Allah dis bien
Que lui seul est mon Dieu. Pour lui prouver mon zèle,
J'ai voulu convertir, d'abord, cet infidèle :
N'ayant point réussi, pour pouvoir m'en venger,
Sous ses horribles lois j'ai paru me ranger.
A l'oreille d'Allah, dis-le souvent, de grâce !
Afin que sur le pont, sans culbuter, je passe.
(Haut.)
Daignez me confier ce secret important.

MERVIL (qui, pendant l'aparté de Saphour, a cherché un papier dans son portefeuille.)

Vous voyez cette lettre , arrivée à l'instant :
Mon plus ancien ami, par elle, me supplie
D'accorder pour épouse, à son fils, Eudoxie.
A la mère d'Armant, pour mon malheur, jadis,
Mon ami, j'ai juré de le prendre pour fils ;
Mais l'incrédulité qu'à présent il professe,
Me dispense, je crois, de tenir ma promesse :
J'ai voulu, sur ce point, voir votre opinion.

SAPHOUR.

Gardez-vous de former une telle union.
La placer sous les lois de cet affreux impie,
C'est compromettre en tout le bonheur d'Eudoxie.

MERVIL.

J'approuve ce conseil. Dans mon cœur, cependant,
Je sens certain scrupule à rompre mon serment :
En outre, ce jeune homme eut long-temps ma tendresse.
Essayons de nouveau d'arracher sa jeunesse
Aux pièges de l'erreur ; et pour y réussir,
Je veux de son amour, aujourd'hui, me servir ;
Mais si dans quelques jours il ne suit mon idée,
Au fils de mon ami ma fille est accordée.
Les voici justement.

SCÈNE VII.

MERVIL, SAPHOUR, ARMANT, Mme D'O., EUDOXIE.

MERVIL.

Ma sœur, je suis ravi
De voir, auprès de moi, que vous l'ayez suivi :
Tâchez, par vos conseils, de le rendre plus sage.
Votre affreuse conduite, Armant, pendant l'orage,
Renouvelant vos torts, pardonnés trop souvent,
M'a fait, sur nos projets, réfléchir mûrement.
Si ma fille avec vous unit sa destinée,
D'une incrédule voix, à l'autel d'hyménée,
Vous irez lui jurer de faire son bonheur.
Qui croit à l'Éternel, du parjure vengeur,
Par un pareil serment, au père de famille,
Au moins donne l'espoir du bonheur de sa fille.
Mais vous, si je remets dans vos bras mon enfant,
De sa félicité, quel sera le garant ?
Qui veut être toujours bon époux et bon père,
Au céleste regard ne veut point se soustraire.
Armant, pour en finir, voici mon dernier mot :
Voulez-vous épouser Eudoxie ? il vous faut,
Pour que mon faible cœur, de nouveau vous pardonne,
Remplir tous les devoirs que notre culte ordonne,
Au plus tard dans trois jours. Mais avant ces trois jours,
Si vous osez chercher, Monsieur, par vos discours,
A propager encor votre horrible croyance,
Entre nous, à jamais, je romps toute alliance.
A mes conditions veuillez bien réfléchir :
Rien, si vous y manquez, ne pourra me fléchir,
Et vous perdrez ma fille à jamais, je le jure !
(A Saphour.)
Allons de nos journaux achever la lecture.

(Mervil et Saphour sortent).

SCÈNE VIII.

EUDOXIE, Mme D'O., ARMANT.

EUDOXIE.

C'est de toi, maintenant, que dépend mon bonheur.
De mon père on connaît jusqu'où va la rigueur :
Quand il a menacé, son âme inexorable
N'a jamais pardonné, tu le sais, au coupable.
En vain pour l'attendrir, mourante de douleurs,

.. embrasserais ses pieds arrosés de mes pleurs.
C'est donc toi seul qu'il faut, à présent, que j'implore.
Cher ami, crois au Dieu que ton amante adore ;
Que les feux de l'amour, éclairant ta raison,
Détruisent dans ton sein le funeste poison
Qu'y dépo.. ""rreur à la voix mensongère.
Ne va point, cependant, profaner le mystère
De notre culte saint, et si la vérité
Ne fait luire à tes yeux sa céleste clarté,
Garde-toi d'approcher de l'enceinte sacrée.
De toi, j'aime mieux être à jamais séparée,
Que de te voir commettre un sacrilége affreux.

ARMANT.

Mes mains peuvent reprendre un lien douloureux,
Dont au nom de ce Dieu que tu veux que j'encense,
Ma mère avait chargé ma déplorable enfance ;
Mais mon cœur, démontant de complaisants discours,
S'est, de ce joug cruel, affranchi pour toujours.
Enfin, pour obtenir l'amante que j'adore,
Je veux bien à l'autel me présenter encore ;
Mais mon esprit ne peut partager ton erreur.

EUDOXIE.

Ne redis point ce mot qui me glace d'horreur !
Ne punis, ô mon Dieu ! que moi de ce blasphème.

Mme d'O.

J'ai peine, j'en conviens, à vous croire vous-même.
Quoi ! pensez-vous, malgré tant de témoins divers,
Qu'un aveugle hasard a formé l'univers ?

EUDOXIE.

Approchons du bassin, dont l'onde transparente
Réfléchit à mes yeux les traits de ton amante.
Peut-être je me livre à trop de vanités ;
Mais ces cheveux flottants, par le vent agités,
Tantôt couvrant ce front, que la pudeur colore,
Ensuite, le montrant pour le cacher encore ;
Mais mon sein, à ta voix, palpitant de plaisir ;
Mais, semblable au palmier qu'agite le zéphir,
Mon corps, se balançant en marchant avec grâce ;
Mais, ami, cette bouche où le souris se place ;
Mais le son de ma voix, qui paraît ravissant,
Quand mon cœur lui fait dire : Ô combien j'aime Armant!
Non, d'un aveugle sort ce n'est point là l'ouvrage :
Le dire et le penser, c'est me faire un outrage.
Pour moi, plus je te vois et plus mon cœur charmé
Sent que par un Dieu seul mon amant fut formé.

ARMANT.

Je ne peux te tromper ; ta voir enchanteresse,
Sans convaincre l'esprit, me plonge dans l'ivresse.

EUDOXIE.

Tu dois t'en souvenir : dans ces jours de douleur,
Où d'être séparés nous avions le malheur,
Pour calmer les ennuis de mon âme oppressée,
Un fidèle papier te portait ma pensée.
A peine ton regard, m'as-tu dit bien souvent,
Avait-il aperçu ce discret confident,
Tu te sentais ravi d'une soudaine flamme.
Qui pouvait la produire? ami, c'était ton âme.
Formé d'un vil limon, peux-tu croire qu'un corps,
Pour un corps éloigné ressente ces transports ?

ARMANT.

Je ne veux pas détruire une erreur qui t'est chère,
En montrant à tes yeux le flambeau qui m'éclaire.

Mme d'O.

Par la mort moissonné, peut-être quelque jour
Perdrez-vous, cher Armant, l'objet de votre amour.

ARMANT.

Oh ! non !... que ce soit moi qui le premier succombe!

Mme d'O.

Alors, surtout alors, vous verrez que la tombe,
En dévorant ce corps, par la fange formé,
N'a point détruit le feu qui l'avait animé.
Tous ceux qui de l'amour ont ressenti l'ivresse,
Lorsqu'ils allaient revoir l'objet de leur tendresse,
Se trouvaient avertis du fortuné moment

Par une voix secrète, un doux pressentiment.
Cette voix, qui survit à ce corps qu'elle éclaire,
Abandonnant les cieux, vient souvent sur la terre
Revoir, entretenir l'objet de son ardeur.
On sent à son approche encore battre son cœur ;
Elle parle, répond à notre âme captive :
On prête à ses discours une oreille attentive,
Et l'on suit de nouveau tous ses désirs, Armant.
Quelle amante pourrait survivre à son amant
Si son âme n'était par la sienne avertie,
Qu'il faut, pour mériter qu'une immortelle vie
Les unisse à jamais au céleste séjour,
D'un trépas désiré ne point hâter le jour.
Henri, mon cher époux, du haut de l'empyrée,
Toi seul a retenu ma main désespérée,
Quand ma raison cédant au plus grand des malheurs,
J'allais percer mon sein inondé de mes pleurs.
En abrégeant mes jours, j'en frémis quand j'y pense,
Sur moi, j'allais des cieux attirer la vengeance ;
Et, loin de nous unir, ce trépas criminel
Élevait entre nous un rempart éternel.
Par les avis secrets de son âme chérie
Le désespoir fit place à la mélancolie ;
A ce tendre chagrin qui n'est pas sans plaisir ;
Oui, le bonheur encor vient souvent me saisir :
Souvent, mon cher Armant, quand sur mon sein je press
Notre enfant adoré dont la main me caresse,
Son père, mon époux, le plus cher des amants,
Vient mêler ses baisers à nos embrassements.
Je le sens, il est là, je l'entends me redire
Les serments d'un amour que rien ne peut détruire.
Un feu céleste et pur m'embrase, me ravit ;
Mon âme par avance à son âme s'unit :
Non, ce bonheur n'est point une vaine chimère !
Et peut-être jamais, tant qu'il fut sur la terre,
Des transports aussi doux ne charmèrent mon cœur.
Afin de ressentir un semblable bonheur,
Si l'inflexible mort vous privait d'Eudoxie,
Croyez, Armant, croyez à l'immortelle vie.

ARMANT.

Hélas !

EUDOXIE.

Hier au soir, assis auprès de moi
Dans ce bosquet charmant ; pour gage de ma foi,
Mon bien-aimé voulait que sa craintive amante
Laissât prendre un baiser sur sa bouche tremblante.
Je balançai long-temps ; une secrète voix
A mon esprit troublé répéta plusieurs fois,
Que seule avec l'objet de sa vive tendresse,
On doit bien se garder d'une telle caresse,
Et par crainte j'osai refuser mon amant.
Mais ma tante est présente, et je puis maintenant,
Sans courir de danger contenter ton envie.
Y consens-tu, dis-moi, ma bonne et tendre amie.
Ton regard le permet. Viens.. viens, mon bien-aimé.
Fait palpiter ton cœur sur mon cœur enflammé ;
Que mon bras caressant pour un moment te lie
Par une tendre chaine à l'heureuse Eudoxie ;
Et que mes doux soupirs preuves de mon bonheur,
Se mê'ent aux soupirs élancés de ton cœur.
Oh ! non... non... c'est assez... ménage ton amante...
N'en prends pas un second... défends-lui donc ma tante.

Mme d'O.

De ses bontés, Armant, n'allez pas abuser.

EUDOXIE.

Eh bien ! tu l'as donné ce ravissant baiser !
Premier baiser d'amour ! Dis-moi donc, ma chère âme,
Quel est le sentiment qui te guide et t'enflamme?

ARMANT.

Le bonheur, dans mon sein, fait expirer ma voix.
Je ne peux point parler.

EUDOXIE.

Mais dans tes yeux je vois
Briller le même feu qui m'agite, m'embrase :
Ton regard, vers le ciel, s'élève avec extase.
Interroge ton cœur, dis, peux-tu croire, Armant,
Que ces transports si vifs, ce doux ravissement

Qui semblent m'élever au-dessus de la terre ,
D'un insensible sort , d'une inerte matière
Puissent être l'ouvrage.

ARMANT.

Ah ! je le sens enfin !
Ce feu que ton baiser a porté dans mon sein ,
Qui , prompt comme l'éclair, courant de veine en veine,
Me ravit d'un bonheur que je soutiens à peine ,
Un être aimant lui-même a pu seul le former.

EUDOXIE.

Comme moi , désormais , Armant , il faut l'aimer.
Ton cœur le reconnait , mais ta raison altière
Combat peut-être encor. Crois-moi , pour qu'il l'éclaire,
Va tomber aux genoux d'un mortel révéré ,
Au culte du Très-Haut dès long-temps consacré :
C'est à ses pieds , aussi , que l'on voit ton amante;
Il saura raffermir ta raison chancelante.
Mais si l'erreur, ami , veut encor t'abuser ,
Songe à tous les malheurs qu'elle peut nous causer ,
Qu'à jamais , loin de toi , par mon père entrainée.....

ARMANT.

Non , non , à tes conseils , mon âme abandonnée ,
Va voir se dissiper sa trop funeste erreur.

                    (Il sort).

SCÈNE IX.

Mᵐᵉ d'O., EUDOXIE.

EUDOXIE.

Rien ne manquera plus , ma tante , à mon bonheur.

Mᵐᵉ d'O.

Mais un canot arrive ; il me semble , ma chère ,
Apercevoir dedans le fermier de ma terre :
C'est bien lui.

SCÈNE X.

LES MÊMES, MATHURIN.

Mᵐᵉ d'O.

Mathurin, ici , pourquoi venir.

MATHURIN.

Avec bien du regret , je viens vous prévenir
Que la foudre est tombée au village d'Etrange ,
Et qu'elle a mis le feu , madame , à votre grange.
Malgré tous les secours , arrivés promptement ,
Pour la maison aussi l'on a craint un moment.
Pour préserver , au moins , les meubles de la flamme ,
On les avait sortis sur l'ordre de ma femme.
Afin qu'on les remette en place , en bon état ,
Et pour juger aussi , madame , du dégât ,
Qui , nous l'espérons tous , est de peu d'importance,
De venir avec nous , ayez la complaisance.

Mᵐᵉ d'O.
(à Eudoxie).

J'y consens , Mathurin. Je reviendrai ce soir.
Mon beau-père et mon fils , au moins j'en ai l'espoir,
Arrivent cette nuit après trois jours d'absence ;
Et de les embrasser j'ai tant d'impatience !
(à Mathurin).
Pourquoi tous ces marins et ce canot si grand ?
Un petit suffisait.

MATHURIN.

          Ah , l'on vous aime tant
Que l'on craint d'exposer une si chère vie !

Mᵐᵉ d'O.

Braves gens !

          (Elle s'embarque).

EUDOXIE.

A ce soir.

Mᵐᵉ d'O.
          Oui. Adieu mon amie.
(Le canot part, et Eudoxie rentre dans la coulisse en le
suivant le long de la mer).

ACTE III.

SCÈNE Iʳᵉ.

ARMANT , SAPHOUR.

SAPHOUR.

Tu seras du public la fable , cher Armant ,
Lorsque l'on connaîtra ton brusque changement.
Quoi ! ce sublime esprit , cette étonnante audace ,
Qui devait , avant peu , te faire prendre place
Parmi tous ces mortels du monde entier connus ,
En voyant quelques pleurs soudain sont disparus.

ARMANT.

J'avais su résister aux prières , aux larmes ;
L'enchanteresse alors au plus puissant des charmes
A recours... Un baiser... Saphour, il eût donné
La vie au marbre froid comme nous façonné.

SAPHOUR.

Comment ! elle vous a..... Tu me dis qu'Eudoxie....

ARMANT

Ma bouche s'est deux fois à ses lèvres unie.

SAPHOUR.

Elle t'aime donc bien.

ARMANT.

          Ah ! j'en suis adoré !

SAPHOUR (à part).

Il le croit... il s'en vante... et ce n'est que trop vrai !

ARMANT.

Dans des transports si doux ma raison s'est éteinte.

SAPHOUR (à part).

Pour calmer la fureur dont mon âme est atteinte
Songeons que ma vengeance est prête d'éclater.
Ce bonheur dont il ose à mes yeux se flatter ,
(haut).
Qu'il va le payer cher ! Je conçois ton ivresse,
Mais je dois éclairer ta facile jeunesse :
Pour cela , daigne donc m'écouter un moment.
Tu ne saurais douter de mon attachement ;
Plus d'une preuve , ami , t'en donne l'assurance.
Arrivé dans ces lieux , tout plein de ma croyance ,
Pendant les premiers mois , j'avais l'ambition
De vouloir te soumettre à ma religion.
Tu me dis sensément : il ne vaut pas la peine
De ne faire entre nous qu'un échange de chaine ;
Délivrons-nous plutôt de ce joug accablant
Dont nos pères ont su nous charger en naissant.
La raison vint bientôt nous porter sa lumière :
A nos cultes divers nous fîmes bonne guerre ,
Et d'anneaux en anneaux, remontant jusqu'au ciel ,
De son trône usurpé nous chassons l'Éternel ,
Et le hasard , pour nous , devient l'Être suprême.
(A part).
Je ne puis sans frémir prononcer ce blasphème !
Je sais bien , cependant , que par l'intention
Un tel crime devient une bonne action :

Ne va point l'oublier, Mahomet, je t'en prie.
(haut).
Je blâmai, dans le temps, ton trop d'étourderie,
Qui te fit, sans attendre un propice moment,
Proclamer en tous lieux ton nouveau sentiment.
Bientôt tu t'aperçois, mais la faute était faite,
Que peut-être tu romps ton hymen qui s'apprête :
Pour toi je me dévoue, et pour capter son cœur,
Afin d'être au besoin, Armant, ton protecteur,
Je fais croire à Mervil que sa vive éloquence,
A porté dans mon cœur l'amour de sa croyance,
Et, riant en moi-même, à l'autel je le suis :
Ah ! qu'il fallait t'aimer pour souffrir tant d'ennuis !

ARMANT.

Aussi, je sens pour toi l'amitié la plus vive.

SAPHOUR.

Prête donc à ma voix une oreille attentive.
En cédant aux désirs de l'objet de tes feux
Tu te peins l'avenir des traits les plus heureux,
Sans même soupçonner que trop de complaisance
Te ravit ton bonheur avec l'indépendance.
Regarde autour de toi ; tu verras mille époux
A qui l'amour promit des plaisirs aussi doux
Que durables, mon cher ; mais à peine une année,
Depuis leur union est-elle terminée,
Qu'avec elle finit leur bonheur d'un moment.
La froideur, le dégoût, et la haine souvent
Remplacent, à jamais, leur tendresse passée.
Sais-tu pourquoi sitôt elle s'est éclipsée ?
Oubliant que le sort l'a fait pour commander,
L'époux, encor amant, s'empresse de céder,
(Qu'il s'en repend bientôt !) les droits de la puissance
A l'être que la loi met sous sa dépendance.
Le joug d'abord de fleur, est avant peu, mon cher,
Pour l'imprudent époux une chaîne de fer,
Qui détruit promptement sa tendresse exaltée.
Veut-il la rompre ? alors l'épouse trop flattée
Par lui-même long-temps, va soudain le haïr.
Quand même, pour lui plaire, il pourrait consentir
Sans murmure à porter sa flétrissante chaîne,
Elle viendrait encor l'accabler de sa haine ;
Elle mépriserait un époux avili,
Et le mépris toujours de la haine est suivi.
Voilà pourtant, voilà le périlleux passage,
Où se laisse entraîner mon ami trop peu sage.

ARMANT.

Il le fallait, Saphour ; si je n'avais cédé,
A rompre ses serments, son père décidé
Me privait à jamais de ma chère Eudoxie :
Devais-je faire ainsi le malheur de ma vie ?

SAPHOUR.

Je désire te voir heureux, mon cher Armant,
Mais d'un bonheur durable et non d'un seul moment.
Sans être son esclave et celui de son père,
Qui pour toi deviendrait plus cruel que ta mère,
Qui sous un joug plus dur voudrait t'assujettir,
Je veux à ta maîtresse avant dix jours t'unir,
Et que l'amour se fixe en votre heureux ménage.
Suis mes conseils, ami. Non loin de ce rivage,
Tu vois ce bâtiment que je viens d'acheter ;
Aux bords Italiens il saura nous porter.
Là, sans subir les lois que prescrit Eudoxie,
Que son père commande, un prompt hymen vous lie.
N'étant point accablé par des fers flétrissans,
Tu conserves toujours l'amour que tu ressens ;
Se soumettant d'avance à l'époux qu'elle estime,
Rien ne peut altérer la flamme qui l'anime.
C'est là le seul moyen, mon cher Armant, crois-moi,
De fixer pour toujours le bonheur près de toi.

ARMANT.

Mais il faut pour cela qu'Eudoxie y consente.

SAPHOUR.

Sachons mettre à profit le départ de sa tante.
Sans conseil, pourra-t-elle aujourd'hui refuser
Quelque chose à l'amant, qui d'un tendre baiser.....
C'est bien sûr.... elle-même empressée à te plaire

T'a permis..... de bon gré.... Mais en outre son père
Par sa rigide humeur effrayant ses esprits,
La pousse à se livrer aux violens partis.
Amant trop fortuné, presse, supplie, implore :
Et cet être enchanteur qui t'aime, qui t'adore....
Qui t'idolâtre enfin.... pour ne point t'affliger,
Soumise, te suivra sur le sol étranger.
Tout te sert à souhait ; ta bigote de mère,
Pour cacher sa fortune, à la mort de ton père,
En bijoux d'un grand prix convertit son argent.

ARMANT.

Ici, dans ma cassette, ils sont tous maintenant.

SAPHOUR.

J'aperçois Néanthis, avec lui je te laisse,
Et vais tout préparer pour tenir ma promesse.
(Il sort.)

SCÈNE II.

ARMANT, NÉANTHIS.

NÉANTHIS.

Monsieur.....

ARMANT.

Sur ce navire, acheté par Saphour,
Nous partons, en secret, avant la fin du jour.
Fais seller un cheval et vas vite à Marseille,
Remettre cette montre à l'horloger Tuncille :
Elle s'est arrêtée, et je veux cependant,
A la minute près fixer l'embarquement :
Car je ne puis douter que ma chère Eudoxie
Ne consente, avec moi, d'aller en Italie.
Va, vole promptement, digne courrier d'amour ;
Dans quatre heures, au plus, sois ici de retour.

NÉANTHIS.

Je ne vois pas le but d'une telle démarche ?

ARMANT.

L'horloger, Néanthis, va lui rendre sa marche.

NÉANTHIS.

L'horloger, dites-vous ; à quoi bon son secours ?

ARMANT.

Mais ma montre, sans lui, s'arrête pour toujours ;
Il faut donc promptement la porter à la ville :
(En lui présentant la montre.)
Tiens.

NÉANTHIS.

Vous me supposez un bien grand imbécille
Pour vous imaginer, monsieur, que je vous croi.
A vos raisonnemens, sans peine ajoutant foi,
J'en suis persuadé, cet univers immense
D'un aveugle hasard a reçu l'existence,
Et lui seul est l'auteur de tout ce qui s'y fait.
Or, s'il a pu former cet ouvrage parfait,
Et s'il peut, chaque jour, conduire sans encombre
La lune, le soleil, et ces astres sans nombre,
Malgré tous vos discours, je vois facilement
Qu'il peut faire marcher ce petit instrument ;
D'où je conclus, monsieur, qu'il est fort inutile
Que pour le faire aller je le porte à la ville :
Je reste donc ici.

ARMANT.

Tu plaisantes, je croi.

NÉANTHIS.

Non ; sérieusement je vous parle, ma foi !

ARMANT.

Ma patience est grande, il faut que je l'avoue :
Je suis trop bon.... Viens ça ; regarde cette roue.
Par elle, Néantis, se trouvent entraînés
Ces rouages nombreux l'un à l'autre engrénés ;
Mais elle ne se meut que lorsqu'elle est pressée
D'une forte détente à son pivot placée :

Cet important ressort s'est rompu ce matin.
Il faut donc, Néanthis, qu'une savante main
Fasse un autre ressort, le place dans la montre.
Ce discours, je le crois, clairement te démontre
Que sans un horloger, cet utile instrument,
Est pour l'éternité privé de mouvement.

NÉANTIS.

On ne peut s'exprimer d'une façon plus claire :
Aller chez l'horloger n'est donc pas nécessaire ;
Puisque je vous comprends, monsieur, vous avez tort,
Et le hasard pourra remplacer ce ressort.

ARMANT.

Comment ! je me trompe !

NÉANTIS.

                    Oui, avec même évidence
D'un divin architecte on prouvait l'existence.
Pourquoi suis-je certain qu'en ces discussions
C'était vous qui donniez les meilleures raisons ?
Parce que ces nigauds me faisaient tout comprendre.
Dans ce moment, comme eux, vous vous faites entendre,
Vous le voyez donc bien vous avez tort, monsieur.

ARMANT.

Ce discours déplacé me donne de l'humeur ;
Va, sans plus raisonner, à Marseille, bien vite.

NÉANTIS.

Quand j'ai bon droit, monsieur, Lucifer et sa suite...
Que dis-je Lucifer ! ah ! j'oubliais, parbleu !
Qu'il n'existe pas plus de diable que de dieu, [déplaire,
Dans l'autre monde au moins. Oui, car sans vous
Diablement de démons se trouvent sur la terre,
Qui veulent... je m'en vais ; nous pourrions nous fâcher ;
Mais retenez ceci : je me ferais hacher,
Brûler à petit feu, piler comme du verre,
Plutôt que de céder, fut-ce même à ma mère,
Quand j'ai raison s'entend.

                              (Il sort.)

SCÈNE III.

ARMANT (seul).

                    Rétif comme un cheval,
Souvent pour le mener il me donne du mal :
Mais je dois excuser chez lui cette manie,
Car je n'en puis douter, il m'aime, m'apprécie ;
Il admire surtout l'esprit supérieur
Qui me fit m'affranchir du sot joug de l'erreur.
Mais je vois le pilote à qui je dois la vie.

SCÈNE IV.

ARMANT, THOMAS.

ARMANT.

Digne marin ! j'ai su par ma chère Eudoxie
La grandeur du péril qui menaçait mes jours,
Et que surtout à vous je dois un prompt secours :
Vous devez être sûr de ma reconnaissance.

THOMAS.

En arrivant ici je vous l'ai dit je pense :
Vous ne m'en devez pas, je n'ai rien fait pour vous.
Sans cette aimable enfant pleurant à mes genoux ;
Surtout, sans l'Éternel, qui veut que l'on s'entr'aide,
Vous eussiez fort bien pu vous passer de mon aide,
Et malgré la chaleur qui règne en ce moment,
Vous n'auriez pas grand' soif j'imagine, à présent.
Oui, c'est à Dieu lui seul que vous devez la vie.

ARMANT (à part).

Songeons à ce qu'a dit le père d'Eudoxie :
Taisons-nous.

THOMAS.

Dites-moi, sans doute ce danger
De vos vaines erreurs a su vous corriger,
Et vous croyez, monsieur, à cet Être suprême.

ARMANT (à part).

A me taire j'éprouve une douleur extrême !

THOMAS.

Vous ne répondez pas ?.... vous persistez, je crois
A nier que c'est Dieu qui par de sages lois....

ARMANT (à part).

Toujours Dieu !

THOMAS.

                    Règle tout, dans le ciel, sur la terre.
De la mer, dès l'enfance embrassant la carrière
Je n'ai pas eu le temps, comme vous, d'étudier :
C'est égal.... disputons.... et je veux parier,
De vous confondre.... oui.... moi.

ARMANT (à part).

                              Comment ! on me défie
Sans que je.... maudit soit le père d'Eudoxie !
Si j'étais assuré, ce soir, de réussir,
A rembarrer ce sot que j'aurais de plaisir !

THOMAS.

Osez-vous, avec moi, monsieur entrer en lice ?....
Allons, je le vois bien, vous vous rendez justice,
Et baissez pavillon.

ARMANT.

                    Je n'y puis résister !
Avec vous, je consens, mon cher, à discuter ;
Et je veux vous forcer, vous, qui faites l'habile,
(Par un raisonnement à comprendre facile)
D'avouer que ce Dieu, dont le nom fatigant,
Thomas, de votre bouche est sorti si souvent,
N'existe pas.

THOMAS.

          Quoi....

ARMANT.

                    Oui, ce n'est qu'un vain fantôme,
Triste et risible enfant de la crainte de l'homme.

SCÈNE V.

LES MÊMES, LE MAIRE et beaucoup d'habitants, GRÉGOIRE, etc.

LE MAIRE (à part aux habitants.)

Ici, réunissons et prudence et valeur :
S'il se défend, tâchons de n'avoir point de peur.
Avancez doucement, qu'on l'entoure en silence.
Vous saisirez ses bras, de peur de résistance.
Me tenant à l'écart, comme un bon général,
De l'attaque, ma voix donnera le signal,
Et soyez assurés que lorsqu'au ministère
Je ferai mon rapport sur cette grande affaire,
Avec gloire, vos noms, par moi, seront cités,
Et vous serez, mes chers, récompensés ; partez :
Songez que votre maire est là qui vous regarde.

GRÉGOIRE (à part.)

S'il n'agit pas, au moins, bravement il bavarde.

LE MAIRE (il se recule, sur la pointe des pieds, pendant que les habitants s'avancent vers Armant, lorsqu'il voit qu'ils l'entourent il s'écrie :)

Arrêtez-moi cet homme.

ARMANT (au maire qui s'est approché aussitôt qu'il a été saisi).

                    Et d'où vient qu'avec moi.....

LE MAIRE.

Il ose, mes amis, m'interroger, je croi.

MARIE.

Notre maire, c'est vrai.

ARMANT.
                    Pour agir de la sorte,
Quel est votre motif ? pourquoi......
          LE MAIRE.
                         Que vous importe.
          ARMANT.
Que m'importe, dit-on ! il m'est très essentiel,
De connaître pourquoi pris comme un criminel.....
          LE MAIRE.
L'essentiel est pour vous de savoir qu'au plus vite,
On va, dans la prison, vous faire avoir un gîte.
          MARIE.
C'est bien dit : en prison.
          CARRACHE.
                    Ne l'écoutons donc plus.
          MATHIEU.
Pour résister, l'ami, vos soins sont superflus.
          MARIE.
S'il ne veut pas marcher, sans pitié, qu'on l'entraîne.
          ARMANT.
Quel crime ai-je commis ? il faut qu'on me l'apprenne.
          MARIE.
Tu sauras en prison, pourquoi l'on t'y conduit.
          CARRACHE.
Mieux que nous, de son crime il est sans doute instruit.
          LE MAIRE.
Paix ! mes administrés.... Vraiment.... je vous admire.
Pour la centième fois faut-il vous le redire ,
Parler en ma présence est vraiment m'insulter,
Et pour vous en punir je le veux écouter :
Qu'on se taise à l'instant.
          MARIE (à une femme qui est à côté d'elle).
                    Entends-tu ma commère !
C'est un monsieur....suffit.... et monsieur notre maire,
Par de bonnes raisons va déclarer bientôt,
Qu'on ne peut arrêter un homme comme il faut.
Un pauvre paysan, sans qu'on daigne l'entendre,
En prison, sur-le-champ, est contraint de se rendre :
Mais quand c'est un monsieur !.... comme dit le curé,
Vit-on jamais un loup par un loup dévoré.
          LE MAIRE.
Représentant, ici, l'autorité suprême,
Le roi, quand on m'insulte est insulté lui-même :
Je ne puis donc laisser un tel crime impuni :
Pour quinze jours, au moins, je vous en averti,
Vous allez, en prison, être mise ma chère.
          GRÉGOIRE.
Notre femme en prison !... mon bon monsieur le maire
Écoutez-moi : déjà c'est un mauvais sujet ;
L'on va dans la prison, la gâter tout-à-fait,
Et c'est moi qui paierai les pots cassés, je pense.
          LE MAIRE.
Mais il faut bien punir une telle insolence.
          GRÉGOIRE.
Remettez-moi plutôt le soin de vous venger,
Et maritalement je veux la corriger.
Par maritalement j'entends, monsieur le maire,
Que je frapperai fort, et cela pour vous plaire.
          LE MAIRE.
Soit.
          ARMANT (au maire).
     Mais quel est mon crime ?
          CARRACHE.
                    Il le demande encor.
          LE MAIRE (aux habitants).
Voulez-vous bien vous taire !.... hier, le comte Hector,
Avec lequel, dit-on, vous avez eu querelle,
Par derrière frappé d'une balle mortelle,
Trouvé dans la forêt....

CARRACHE.
          Mais non c'est hors du bois.
          LE MAIRE.
C'est trop fort... c'en est trop... pour la dernière fois.
Sachez que si j'entends une voix importune,
Je fais mettre en prison toute cette commune.
          THOMAS (à part).
Si monsieur notre maire est ministre à son tour,
Il emprisonnera toute la France un jour.
          LE MAIRE (à Armant).
De tous les habitants qui sont dans ma contrée,
Vous seul, niez de Dieu l'existence sacrée.
Donc, vous avez dessein d'être un franc scélérat :
Donc, vous êtes l'auteur de cet assassinat.
          (Les habitants font des signes d'approbation le doigt sur
               la bouche).
          ARMANT.
J'en suis fâché, monsieur, mais c'est fort mal conclure;
Et jamais je ne vis ce comte, je l'assure ;
Oui, j'en fais le serment.
          LE MAIRE.
                    Quel benet, dites-moi,
A de pareils serments pourrait ajouter foi ?
La croyance en un Dieu qui punit le parjure
Peut seule sur la bouche arrêter l'imposture :
On ne peut donc vous croire.
          ARMANT.
                    Et voilà la raison,
Qui comme un criminel me fait mettre en prison ?
          LE MAIRE.
Et cet assassinat !
          ARMANT.
                    Il est temps qu'on s'explique :
Qui m'accuse, monsieur ?
          LE MAIRE.
                    Qui ?... mais... la voix publique.
          ARMANT.
Qui l'a formée enfin cette publique voix
Qui s'est déjà trompée on le sait tant de fois ?
M'avez-vous vu commettre une action si lâche ?
          LE MAIRE.
Non, mais on me l'a dit.
          ARMANT.
               Qui ?
          LE MAIRE.
                    Le nommé Carrache.
          ARMANT (à Carrache).
Qui vous en a fait part ?
          CARRACHE (en montrant Mathieu).
                    Mon voisin que voilà.
          ARMANT (à Mathieu).
De qui le tenez-vous.
          MATHIEU (en montrant Marie).
                    De cette femme là.
          ARMANT (à Marie).
Et vous, est-ce à vos yeux que j'ai commis ce crime ?
          MARIE.
Non, non ; mais je l'ai su du forgeron Jérime.
          ARMANT.
Est-il là ?
          JÉRIME.
          Notre maire, en prison sans aller,
Puis-je dir' : me voici ?
          LE MAIRE.
               Oui, oui, tu peux parler.
          JÉRIME.
Qui ?.....ah ! fi... c'est Thomas.

THOMAS
Non, non.
JÉRIME.
C'est donc Grégoire.
GRÉGOIRE.
Mais non.
JÉRIME
Ce n'est pas toi?... c'est donc... quelqu'un alors.
ARMANT.
Ayez donc confiance en de pareils rapports!
Vous voyez l'inventeur de cette calomnie.
LE MAIRE.
Pour cela le pauvre homme a trop peu de génie :
Personne n'eut jamais l'esprit moins inventif.
(aux habitants).
Dites, n'est-ce pas vrai ?
TOUS ENSEMBLE.
C'est un fait positif....
Sans cervelle.... il ne peut.... il en est incapable.
LE MAIRE.
Paix donc !.... vit-on jamais un tapage semblable.
Vous parlez à la fois sans rimes ni raisons,
CARRACHE.
Vous nous l'avez permis; ma fi, nous en usons.
LE MAIRE.
(à Armant).
Je vous le dépermets; paix! puisqu'on peut l'en croire,
Vous êtes criminel; si son peu de mémoire
Des témoins de visu nous prive en ce moment,
Il s'en ressouviendra... N'en doutez nullement.
En prison, de bon gré, laissez-vous donc conduire.
ARMANT (à part).
Le père d'Eudoxie, hélas! va se dédire!
Et plus d'enlèvement : j'en perdrai la raison !
LE MAIRE.
Qu'on ne diffère plus : en prison.
TOUS LES HABITANTS (en l'entraînant).
En prison.

SCENE VI.

THOMAS (seul).
Quoiqu'ayant fait jadis, dit-on, sa rhétorique,
Notre maire, je crois, manque un peu de logique.
Tout marin que je suis, sans éducation,
Je saurais mieux tirer une conclusion.
Armant n'a point commis ce crime, je parie;
Mais son impiété se trouve ainsi punie.

SCÈNE VII.

MERVIL, EUDOXIE, THOMAS.

EUDOXIE.
Dites-nous, s'il vous plaît, d'où provient tout ce bruit ?
THOMAS.
Votre monsieur Armant qu'en prison l'on conduit....
EUDOXIE.
En prison, juste ciel !
MERVIL.
Et quelle en est la cause ?
THOMAS.
Le comte Hector, hier, fut tué ; l'on suppose
Que de ce crime affreux ce jeune homme est l'auteur.
EUDOXIE.
Mon amant assassin !.... tais-toi, vil imposteur ;

Ton souffle a corrompu l'air qu'ici l'on respire.
THOMAS.
Fort bien, mademoiselle !
EUDOXIE.
Ah! que viens-je de dire !...
Pardonnez... mais Armant... il est si vertueux !
THOMAS.
Oui, c'est un beau garçon, vrai, que votre amoureux.
Me voilà bien payé d'avoir sauvé sa vie.
Pour m'en récompenser l'amante m'injurie,
Et l'amant, plus coupable, essayait à l'instant
D'étouffer dans mon cœur cet espoir consolant
D'une vie à venir qui, douce, enchanteresse,
Ou double mon bonheur, ou calme ma tristesse.
MERVIL.
Comment! aujourd'hui ?..
EUDOXIE (à Thomas).
Non, c'est hier; n'est-ce pas ?
(à son père).
Il s'est trompé de mot.
THOMAS (à part).
D'où vient son embarras.
MERVIL.
Parlez-moi franchement, mon ami, je vous prie.
EUDOXIE (à Thomas).
Vous disiez, qu'en prison, Armant qu'on calomnie...
MERVIL.
(à Thomas).
Taisez-vous. Me mentir serait outrager Dieu :
Est-ce hier?
THOMAS.
Non monsieur, aujourd'hui, dans ce lieu.
EUDOXIE.
O ciel !
MERVIL (à Eudoxie).
Demain matin, à cinq heures précises,
Nous partons pour Pari : là, sans nulles remises,
Le fils de Durosais deviendra votre époux.
EUDOXIE.
Ah! monsieur !... écoutez...
MERVIL.
Allez vite chez vous
Préparer ce qu'il faut pour faire ce voyage.
THOMAS (à part).
Cette pauvre petite... Elle pleure... j'enrage
D'avoir conté cela.
MERVIL (à Thomas).
Mais comme Armant, hier,
A passé tout le jour avec moi sur la mer,
Le laisser en prison serait une injustice,
Pour l'en faire sortir, il faut que j'avertisse
Le maire, sur-le-champ, de cette vérité.
THOMAS.
Ce fait par vous, monsieur, se trouvant attesté,
On n'en doutera point, car loin d'être un impie,
Vous croyez en Dieu, vous.
MERVIL (à Eudoxie).
Vous n'êtes point partie.
Rentrez vite.
EUDOXIE (à part en s'en allant).
O mon Dieu ! daigne être mon soutien !
MERVIL (à Thomas).
Venez-vous avec moi ?
THOMAS.
Monsieur, je le veux bien.

ACTE IV.

SCÈNE Ire.

EUDOXIE, SUZETTE.

EUDOXIE.

Avant que de partir, je veux revoir encore
Ce jardin, ces bosquets, où l'amant que j'adore
Me jura si souvent un éternel amour ;
Où mon cœur l'assurait du plus tendre retour.
Sous ce discret feuillage, auprès de lui placée,
Et ma tremblante main dans la sienne pressée,
Quel bonheur nous goûtions à nous entretenir,
(Encore hier au soir) de l'heureux avenir
A nos yeux présenté par un prompt hyménée.
Et demain, loin de lui, par mon père entraînée !
Et bientôt... Ah ! Suzette ! on me verra mourir
Avant ces nœuds affreux.

SUZETTE.

Refusez d'obéir.

EUDOXIE.

Dès l'enfance, accablé du joug le plus sévère,
Mon cœur n'osera point résister à mon père :
Et l'osa-t-il, ma voix éteinte par la peur,
Ne pourrait exprimer les volontés du cœur.

SUZETTE.

Pour fuir ce mariage où monsieur vous oblige...

EUDOXIE.

Armant ne reviens pas ! Que sa prison m'afflige !
Hélas ! sans le revoir faudra-t-il donc partir !...
Mais sur la route, ô ciel ! je vois quelqu'un courir...

SUZETTE.

C'est un amant qui vole auprès de sa maîtresse.

EUDOXIE.

Par ses pieds soulevée une poussière épaisse
Cache à mes yeux ses traits... mais je le sens... c'est lui...
Courons à sa rencontre... hélas !... je ne le puis...
Mes genoux chancelants me soutiennent à peine.
Le bonheur de le voir succédant à ma peine
De sentiments si vifs vient agiter mon cœur,
Que mon corps accablé tombe dans la langueur :
Il faut que je m'asseye.

SCÈNE II.

LES MÊMES, ARMANT.

EUDOXIE.

Armant !

ARMANT.

Chère Eudoxie !

EUDOXIE.

Assieds-toi près de moi. Viens, que ma main essuie
Ton front et tes cheveux de poussière couverts.
Après avoir touché ces traits qui me sont chers,
Ce mouchoir sur mon cœur à jamais prendra place.
Mais mon père, sans doute, arrive sur ta trace ?
Il faut nous séparer.

ARMANT.

Non, non ; il doit remplir
Bien des formalités avant de revenir.
Chez le maire, à présent, sans doute, il s'en acquitte.
Pour te revoir plutôt, je l'ai quitté bien vite.
Avec moi revenaient Néanthis et Saphour ;
Mais leur marche trop lente au gré de mon amour
M'a fait m'en séparer. Bannis donc tes alarmes,
Et que tes yeux enfin ne versent plus de larmes.
Le bonheur, par l'hymen auprès de nous conduit...

EUDOXIE.

Que dis-tu malheureux ! Pour toujours il nous fuit.
Tu m'aimes, je le sais ; mais malgré ta promesse
Que semblait cimenter la plus tendre caresse,
Et quoiqu'en y manquant tu fasses mon malheur.
Ta raison a repris sa détestable erreur.

ARMANT.

J'ai suivi tes conseils pour que ton Dieu m'éclaire :
Mais vainement.

EUDOXIE.

Au moins, il eût fallu te taire !
Le pilote a tout dit ; et pour nous en punir,
Au fils de Durosai mon père veut m'unir :
Nous partons dès demain. Dans mes douleurs mortelles...

SCÈNE III.

LES MÊMES, SAPHOUR, NÉANTHIS.

NÉANTHIS.

Ma foi, l'amour, monsieur, vous a donné des ailes.
L'on me citait chez moi comme un rude coureur ;
Mais pour vous suivre, en vain je redoublais d'ardeur.
Monsieur Saphour, de même, assez bien s'en acquitte.
Il m'excitait toujours : allons, courons plus vite,
Auprès de sa maîtresse, Armand déjà rendu...

SAPHOUR (à Néanthis).
(à Eudoxie)
Il suffit. Quel chagrin sur vos traits répandu...

EUDOXIE.

Je pars, et vais former un lien exécrable.
(à Armant).
Mais loin de partager la douleur qui m'accable,
Une étrange gaîté se peint dans ton regard :
Elle redouble encor l'horreur de mon départ.

ARMANT.

Il faut, ainsi que moi que tu te réjouisses
Des projets de ton père à nos désirs propices.

EUDOXIE.

Quoi ! perds-tu la raison !

ARMANT.

Saphour, pour nous servir
Avait tout préparé, sans nous en avertir.

SAPHOUR.

J'ai prévu le dessein du père d'Eudoxie.

ARMANT.

Un vaisseau, dès ce soir, aux rives d'Italie
Avec moi te transporte ; et là, les plus doux nœuds,
Dont ils sont les témoins, nous unissent tous deux.

EUDOXIE.

Quoi ! que dis-tu ? Moi fuir ! je suis épouvantée
D'une idée à mes yeux tout-à-coup présentée.
Des lieux qui m'ont vu naître exilée à jamais !
Et ma tante, grand Dieu ! Quels seront ses regrets !
Près d'elle j'ai trouvé tous les soins d'une mère ;
Elle orna mon esprit que négligeait mon père ;
De sa dévotion m'adoucit les rigueurs :
Et je pourrais, hélas ! faire couler ses pleurs
Et ne plus la revoir ! Non, je n'y puis souscrire.

ARMANT.

Une fois mariés, je prétends te conduire
Dans sa terre, auprès d'elle ; et là, par son secours,
Nous obtiendrons l'aveu de l'auteur de tes jours.

EUDOXIE.

Tu flattes mon esprit d'une vaine chimère ;
Je le sais trop, armé de tous les droits d'un père,

Le mien peut obtenir qu'un honteux châtiment
Te frappe, comme auteur de mon enlèvement;
Et brise ainsi les nœuds formés en Italie.

NÉANTHIS.

Oh! oh! ceci n'est point une plaisanterie!....

ARMANT.

Tu m'aimes! et tu peux par un cruel refus....

EUDOXIE.

Si je te suis, Armant, tu ne m'aimeras plus.
Sur l'estime se fonde un amour véritable:
Mais digne de mépris par ma fuite coupable,
Ta flamme, avant long-temps éteinte dans ton cœur,
Te ferait ressentir une vive douleur
D'avoir pris pour épouse une femme avilie:
Il vaut mieux à Paris aller perdre la vie.

SUZETTE.

Vous parlez tous les deux en héros de romans.
A quoi servent ici tous ces beaux sentiments?
Vous l'aimez.... il vous aime.... il vous veut pour sa
Vous le voulez aussi dans le fond de votre âme; [femme;
Vous êtes donc d'accord: ce soir il faut partir;
Ensuite....

EUDOXIE.

Épargne-moi, Suzette, à l'avenir,
Tes familiers avis.

SUZETTE (à part).

Oh! oh! la demoiselle
L'a pris d'un ton bien haut. Quand je serai, comme elle,
Madame, on changera de ton assurément,
Car madame Saphour vaudra madame Armant.

ARMANT.

Mon amante pourrait craindre mon inconstance,
Quand mes feux augmentés par la reconnaissance....

EUDOXIE.

Ce sentiment divin, dis, peux-tu l'éprouver?
Ta stérile croyance, hélas! vient me prouver
Que les plus grands bienfaits ne touchent point ton âme.
Cet hommage du cœur que notre Dieu réclame,
Que n'avait-il pas fait pour l'obtenir de toi!
Beauté, talents, santé, rang, richesses: je voi
Tous ses dons réunis sur ta seule personne.
Oserai-je le dire? il fait plus, il te donne
Pour comble de bonheur.... être aimé tendrement,
N'est-ce point là, dis-moi, des bonheurs le plus grand?

ARMANT.

Oui, sans doute Eudoxie!

EUDOXIE.

Il te donne une amante,
Qui joint à quelqu'attrait l'âme la plus aimante,
Qui te préfère à tout, qui va mourir pour toi.
A ton Dieu, cependant tu refuses ta foi!
Bien plus; de l'offenser tu te fais une étude.
Cet exemple si fort de ton ingratitude,
De tes piéges, Armant, saura me garantir,
Et malgré mon amour je ne veux point partir.

ARMANT.

Reste donc... j'en mourrai, trop cruelle Eudoxie!

EUDOXIE.

Et crois-tu que longtemps je supporte la vie?
Si tu m'aimes assez pour mourir de douleur,
Nous nous retrouverons dans un monde meilleur;
Là, des pères cruels n'auront plus de puissance,
Sans craindre le mépris, sans craindre l'inconstance,
Là, nos âmes, Armant, n'écoutant que l'amour,
Par un céleste nœud s'uniront sans retour.

SAPHOUR (à Eudoxie).

Mais que dites-vous là? Quoi! votre esprit oublie
Que son âme doit être à jamais engloutie,
(S'il ne renonce pas à sa funeste erreur)
Dans ces lieux dont le nom vous fait frémir d'horreur.
Aux flammes de l'enfer, il faut que sa maîtresse

L'arrache. Croyez-moi, vos soins, votre tendresse,
Vos larmes, vos discours, répétés bien souvent,
Le feront revenir de son égarement.
C'est là le seul moyen, n'en doutez point, madame,
Des tourments de l'enfer de préserver son âme:
Avec lui sans retard vous devez donc partir.

EUDOXIE.

Mon cœur je le sens trop, pouvait bien consentir
A nous voir, un instant, séparés dans ce monde:
Mais pour toujours! Non, non; une douleur profonde
Tourmenterait mon âme au séjour du bonheur,
Si mon amant, mourant dans le sein de l'erreur,

(à Armant).

Aux enfers.... je frémis.... je te suis sur la terre,
Je m'attache à tes pas, et par là, je l'espère,
Tu pourras, en mourant, me suivre dans les cieux.
Sans doute ce bandeau qui te couvre les yeux
Doit être déchiré par la main d'une amante.
Ordonne.... je te suis. Hélas pourquoi ma tante
Pour essuyer mes pleurs ne peut-elle avec moi.
Accompagner tes pas. Mais au moins souviens-toi,
Que si du monde entier je vais perdre l'estime,
Que si je me soustrais au pouvoir légitime
De l'auteur de mes jours, je ne le fais, Armant,
Que pour te garantir d'un éternel tourment.
Armant, mon bien-aimé, que ta pauvre Eudoxie,
D'un reproche, jamais, par toi ne soit flétrie:
Elle en mourrait soudain.

ARMANT.

De grâce, par pitié,
Chasse un pareil soupçon: j'en suis humilié:
Le cœur de ton amant est donc bien méprisable?
Moi, te faire un reproche? Et tu m'en crois capable?
Et tu crois qu'à ce point je pourrais m'avilir?
Si ma mère, à la fin, sut me faire haïr,
Méconnaître ce Dieu qu'on montrait si sévère,
La vertu pour cela ne m'en est pas moins chère.
Et peut-on t'adorer sans être vertueux!

SAPHOUR.

Son père va venir. Croyez-moi tous les deux:
Faites tous vos apprêts pour ce prochain voyage:

(à Suzette à part).

Ne perdez pas de temps. Pour vous, je vous engage,
Mademoiselle, à suivre Eudoxie en tous lieux.
Il faut à chaque instant sur elle avoir les yeux.
A ses réflexions, si seule elle se livre,
Peut-être, on la verra refuser de nous suivre:
Alors point de départ.

SUZETTE (à part à Saphour).

J'accomplirai vos vœux.

ARMANT.

Je vais donc des mortels être le plus heureux,
En faisant le bonheur de ma chère Eudoxie!

EUDOXIE.

Au plus cher des amants je consacre ma vie!

SUZETTE (à part).

Je vais être une dame! oh! fortuné destin.

NÉANTHIS.

Ils sont contents! et moi, toujours triste et chagrin.
Maudit soit de l'amour!

SCÈNE IV.

SAPHOUR, NÉANTHIS (au bord de la mer).

SAPHOUR (à part sur le devant du théâtre).

Voici l'instant critique!
Avec lui, cependant, il faut que je m'explique....
Le pas est périlleux, il faut en convenir....
Mais son secours peut seul me faire réussir.
Si j'avais pu de Turcs former mon équipage,
Armant ne périrait que pendant le voyage;

Mais ces chiens de chrétiens indignés de sa mort
Me feraient partager sans nul doute son sort.
O dieu de Mahomet! exauce ma prière,
Le sang de ce chrétien à ton regard doit plaire.
Qu'influencé par toi, dans ce jour Néanthis,
Seconde mes projets pour ta gloire entrepris.
      (à Néanthis).
Mon ami, d'où te vient cette noire tristesse?

NÉANTHIS.

Je ressens pour Suzette une vive tendresse,
Mais malgré mes efforts son cœur plus dur qu'un roc,
Avec le mien, monsieur, ne veut point faire un troc :
Je lui donne pourtant tous les biens de mon père
En retour. Sa rigueur, hélas! me désespère,
Oh! j'en mourrai!... c'est sûr.

SAPHOUR.
                    Avant de s'arrêter
A ce cruel parti, l'on devrait tout tenter.

NÉANTHIS.

Pour changer sa froideur, qui sans cesse m'accable,
Monsieur, je ferais même un pacte avec le diable :
C'est tout dire, je crois.

SAPHOUR.
                    Sans doute, je comprends.
Je ne suis pas un diable, et je veux, cependant,
Que tu sois avant peu le mari de Suzette.
Mais il faudra montrer du cœur et de la tête,
Etouffer dans ton sein une vaine pitié,
Et cesser, pour Armant, d'avoir de l'amitié.
Le proverbe a raison : mieux vaut tuer le diable
Que de mourir.

NÉANTHIS.
                    Mais, oui, la chose est préférable.

SAPHOUR.

C'est ta position. Pour éviter la mort,
Il faut qu'un autre...Armant...D'où te vient ce transport?

NÉANTHIS.

Qui? moi tuer, monsieur !

SAPHOUR.
                    Eh bien! meurs donc toi-même,
Et vois dans d'autres bras celle que ton cœur aime.

NÉANTHIS.

A vous dire le vrai, je ne vois pas, monsieur,
En quoi la mort d'Armant peut faire mon bonheur.

SAPHOUR.

Le voici, Néanthis : je sens pour sa maîtresse,
Comme toi, pour Suzette, une vive tendresse.
Ton amante est fort vaine et voudrait devenir
Une dame; eh bien! donc, il te faut parvenir
A l'emploi de monsieur, être à ton tour un maître.
Sans vouloir te flatter, que te faut-il pour l'être?
De l'or, rien que de l'or. Avec des diamans.
On peut avoir de l'or, mon cher, à tous momens.
Ton maître a, tu le sois, une riche cassette;
Prends-la donc, tu deviens le mari de Suzette :
Voilà tout le mystère, et Néanthis, je crois,
Que cela vaut bien mieux que de mourir.

NÉANTHIS.
                    Ma foi,
Je suis de votre avis... mais je crains la justice.

SAPHOUR.

Tu peux te rassurer. Me trouvant ton complice,
Le même sort, mon cher, tous les deux nous attend.

NÉANTHIS.

Je le sais bien, monsieur.

SAPHOUR.
                    Et pour moi, je prétend
Ne mourir que fort vieux, dans les bras d'Eudoxie,
Et non point, comme un sot, perdre en public la vie.

NÉANTHIS.

Je ne me sens pas fait pour tuer, cependant !

SAPHOUR.

Tuer! mais point du tout... Il s'agit bonnement
De verser à ton maître à boire dans un verre.

NÉANTHIS.

Rien que cela ?

SAPHOUR.
                    Mais oui; c'est là toute l'affaire.
Sur lui, tu sais fort bien quel est mon ascendant :
De nouveau j'en profite, et je conduis Armant
Chez un fidèle Turc, qu'en devin je déguise.
Pour faire réussir, a-t-il dit l'entreprise,
Au moment de partir, seul avec Néanthis,
Que tous vos diamans, monsieur, lui soient remis ;
Alors, lui versera ce philtre (dans un verre)
Dont je fais, maintenant, Saphour dépositaire :
Vous le boirez d'un trait, monsieur, et vos projets,
Grâce à cet heureux philtre, auront un plein succès.
Quoiqu'Armant, avec moi, du devin veuille rire,
Il n'en fera pas moins ce qu'il a su prescrire.
Dans les grandes chaleurs, il arrive souvent
Qu'un homme, tout à coup, tombe mort en buvant.
Si ce malheur survient, tu portes la cassette
Au canot où seront Eudoxie et Suzette;
Nous nous rendons bien vite à bord du bâtiment,
Et la voile, soudain abandonnée au vent,
Nous porte, Néanthis, aux bords de la Turquie.
Là, je prends pour ma part la charmante Eudoxie :
Suzette et les bijoux, mon ami, sont pour toi.

NÉANTHIS.

Quoi! tous, monsieur ?

SAPHOUR.

Oui, tous.

NÉANTHIS.
                    Bon! bon! mais dites-moi...
Comme je prétends bien être propriétaire,
Trouverai-je là-bas, monsieur, assez de terre
Pour placer en biens-fonds l'or que je vais avoir ?

SAPHOUR.

Oui, sois-en très certain. J'ai cru m'apercevoir
Que ton cœur est jaloux.

NÉANTHIS.
                    C'est bien vrai, comme un diable !

SAPHOUR.

Mon pays sera donc pour toi très agréable.
Cachée à tous les yeux, un homme, Néanthis,
Sans mourir ne saurait devant elle être admis.

NÉANTHIS.

Et vous croyez qu'alors j'aurai la préférence?

SAPHOUR.

Sans être grand sorcier, mon ami, je le pense.

NÉANTHIS.

Puisqu'il en est ainsi, vous pouvez en ma main
Remettre la liqueur que donna le devin.
Je comprends maintenant, monsieur, pour quel usage
Le sorcier avait su préparer ce breuvage.
Par vos précautions, nous sommes bien certains
D'échapper tous les deux aux jugements humains :
Je n'en ai donc point peur, et, grâces à mon maître,
Je ne crains pas non plus les arrêts du Grand-Etre.
N'existant pas, monsieur, il ne saurait punir.
Quelle obligation, il en faut convenir,
Je me trouve devoir à ce brave jeune homme !
Quand je croyais en Dieu, pour le plus beau royaume,
Pas plus que pour calmer mon amoureux tourment,
Je n'aurais jamais pu battre même un enfant.
Enfin, c'était au point, comme alors j'étais bête !
Que je n'osais tuer la plus petite bête ;
Je redoutais, par là, d'offenser l'Eternel ;
Et maintenant, je vais endormir un mortel
Sans sentir du remords la plus légère atteinte!
Mon bon monsieur Armant, de ma crédule crainte
Que vous avez bien fait de me débarrasser !

Grâces à vous, chez moi je vais voir s'entasser
Fortune, honneurs, plaisirs, et Suzette chérie
Me préférer à tous : Que je vous remercie !

SAPHOUA.

Suis-moi ; viens recevoir le philtre précieux
Qui doit te procurer le sort le plus heureux.

ACTE V.

SCÈNE Iʳᵉ.

LE PATRON ᴇᴛ LES CANOTIERS ᴅ'ᴜɴ ᴄᴀɴᴏᴛ ǫᴜɪ ARRIVE.

LE PATRON.

C'est ici qu'on nous a prescrit de venir prendre
Monsieur Saphour, qui doit, avant la nuit, s'y rendre.
        (Au brigadier.)
Amarre bien la bosse autour de cet ormeau.
C'est un brave homme, au moins, que l'armateur nouveau ;
Nos gages sont très forts, et puis trois mois d'avance !

LE BRIGADIER.

On dit qu'il était turc, lorsqu'il vint en Provence.

LE PATRON.

Ma foi, chrétien ou turc, cela m'est fort égal ;
Il paie, amis, très bien ; c'est là le principal :
Ce n'est pas pour l'honneur qu'on navigue au commerce.

1ᵉʳ CANOTIER.

D'ici vous pouvez voir ce chemin de traverse ;
Un cabaret s'y trouve, et le vin en est bon ;
Allons y faire un tour, car, dans cette saison,
Il faut se rafraîchir pour n'être point malade.

2ᵉ CANOTIER.

Pour fêter l'armateur, j'y veux boire rasade :
Allons, partons.

LE PATRON.

        Non, non ; le capitaine a dit
Qu'il fallait, en ces lieux, que chacun attendît.

1ᵉʳ CANOTIER.

Ce diable de patron est dur à la détente.
On n'a point défendu qu'un moment on s'absente
Pour boire encor !

2ᵉ CANOTIER.

        Sans boire on ne peut exister.

LE PATRON.

Il ne faut pas d'ici d'un seul pas s'écarter.

1ᵉʳ CANOTIER.

S'il pensait comme nous ce serait un prodige.

LE PATRON.

Il est très essentiel pour l'armateur, vous dis-je,
Qu'en arrivant, il puisse au même instant partir.
Même dans le canot il faudrait se tenir,
L'officier l'avait dit.

2ᵉ CANOTIER.

        Ce serait par trop drôle
De vouloir se soumettre à ces chefs de bricole.
D'abord il le faut bien : mais à terre, ma foi,
Je veux être, patron, un peu maître de moi.
Nos officiers toujours nous prêchent l'abstinence,
Tandis, que chaque jour à bord ils font bombance ;
Et si des cabarets nous partons bien coiffés,
Eux, chancellent souvent en sortant des cafés :
Amis, entre eux et nous voilà les différences.

1ᵉʳ CANOTIER.

Je ne veux pas avoir un sou de mes avances,
Au moment du départ, cela porte malheur.
Et puis, si l'on se perd, patron, quel mal au cœur,
En avalant de l'eau bien plus qu'on ne désire,
(Et quelle eau, juste ciel !) à part soi de se dire :
J'ai dans mon coffre, hélas ! de bel et bon argent,

Mais de quoi me sert-il dans ce cruel moment.
Obtiendrai-je par lui que madame baleine
Veuille bien me porter à la rive prochaine ?
Non, sans doute : eh bien ! donc, à quoi bon se priver
Pour amasser de l'or qui ne peut nous sauver.
Quand on s'est amusé, le souvenir en reste,
Et ça console un peu dans ce moment funeste :
Allons donc, au bouchon, amis nous divertir.

2ᵉ CANOTIER.

Notre armateur, crois-moi, n'est pas prêt à venir ;
D'une bonne heure, au moins, le soleil ne se couche.
Patron, ferme les yeux !

1ᵉʳ CANOTIER.

        Pour te fermer la bouche,
Au nom des bons garçons, je prends l'engagement
De te faire donner le verre le plus grand.

2ᵉ CANOTIER.

Nous serons de retour au plus dans un quart-d'heure.
Viens.

LE PATRON.

        Il faut que je cède à la force majeure :
Vous êtes six contre un ; mais j'y vais malgré moi.

1ᵉʳ CANOTIER (au 3ᵉ canotier).

Eh ! dis donc, matelot, tu ne nous suis pas, toi ?

3ᵉ CANOTIER.

Non, je reste en ces lieux ; il faut que je ménage :
J'ai, mon cher, une femme, un enfant en bas-âge.

1ᵉʳ CANOTIER.

Est-il bon celui-là ? Va, ta femme est fort bien ;
Elle ne pourra donc jamais manquer de rien.

2ᵉ CANOTIER (au 1ᵉʳ canotier).

Cela peut le fâcher.

1ᵉʳ CANOTIER.

        Tu me la donnes bonne !
Quand un marin prend femme il sait ce qu'en vaut
                        [l'aune,
Juge donc, pour trois ans, on la quitte souvent.

2ᵉ CANOTIER (au 3ᵉ canotier).

Si tu tombes malade, Arnaud, en devenant
Aussi sobre qu'un saint qui reste dans sa niche,
Crois-tu donc que ta femme en sera bien plus riche,
Ton fils plus avancé ? Tu leur dois tes secours ;
Il faut donc, mon ami, prendre soin de tes jours.

3ᵉ CANOTIER.

Je suivrai ton avis, tu parles à merveille :
Qui maintient la santé ? C'est le jus de la treille.

LE PATRON (au brigadier).

Pour garder le canot, ici, tu va rester :
Nous revenons bien vite ; et je veux te porter,
Pour calmer ton humeur, d'un bon vin un plein verre.

SCÈNE II.

LE BRIGADIER (seul).

Que ne puis-je toujours demeurer sur la terre !
Le métier de marin est un chien de métier !

Il arrive souvent qu'on reste un an entier
Sans voir même une femme ! oh ! ça me désespère,
De vivre à vingt-un ans comme un vrai solitaire.

SCÈNE III.

EUDOXIE, SUZETTE, SAPHOUR, LE BRIGA-
DIER.

SAPHOUR.

Profitons des moments où chez lui retiré,
Sans nul doute, au sommeil, votre père est livré.

SUZETTE.

Après son grand repas, c'est là sa grande affaire.

EUDOXIE.

Il s'est couché content, et lorsqu'à la lumière
Ses yeux se rouvriront, on les verra mouiller
De larmes ; et c'est moi qui les ferais couler !
Ah ! malgré ses rigueurs, au chagrin qui m'accable,
Je sens et que je l'aime et que je suis coupable !

SAPHOUR.

Mais lui-même, à son tour, va par votre départ
Sentir quels ont été ses torts à votre égard ;
Que lui seul a rendu la fuite nécessaire :
Et lui trouvant enfin, madame, un cœur de père,
Heureuse, vous allez jouir de son amour
Lorsqu'avec votre époux vous serez de retour :
Pour éclairer son cœur il fallait cette absence.

EUDOXIE.

Mais quand te reverrai-je ? O ma patrie ! O France !
Et toi, ma pauvre tante ! Hélas !.... Mais malgré moi,
Un noir pressentiment vient me glacer d'effroi....
Ah ! laissez-moi pleurer !.... O moitié de ma vie !
Qui peut te retenir loin de ton Eudoxie !....
Pourquoi ne viens-tu pas, Armant, mon cher Armant,
Éteindre dans mon cœur ce noir pressentiment ?
(A Saphour.)
Où croyez-vous qu'il soit ?

SAPHOUR.

Chez lui.

EUDOXIE.

Qu'y peut-il faire ?
Dites.

SAPHOUR.

Néanthis l'aide à finir une affaire,
Qui, je crois, a rapport à l'emploi de son bien.

EUDOXIE.

Je veux aller le joindre.

SAPHOUR.

Ah ! gardez-vous-en bien.

EUDOXIE.

Je ne puis plus long-temps supporter son absence....
Mon cœur se serre.... Hélas !... laissez.
(Elle va pour sortir.)

SAPHOUR.

Quelle imprudence !
Des valets indiscrets, en voyant vos douleurs,
Pourraient bien se douter du sujet de vos pleurs,
Et courir réveiller, sur-le-champ, votre père.

SUZETTE.

Soyez donc raisonnable..... écoutez ma prière.
Vos projets de bonheur, vous les faites manquer.
Dans le canot, plutôt allons nous embarquer
Jusqu'au moment, madame, où votre amant arrive.

Il l'a prescrit ainsi.

SUZETTE.

La chose est positive.

SAPHOUR (en riant).

Il est dur d'obéir aux ordres d'un époux.

EUDOXIE.

Il le veut : j'y consens.

SAPHOUR.

Appuyez-vous sur nous.

SUZETTE.

Ah ! comme vous tremblez !

EUDOXIE.

Je me soutiens à peine.

SAPHOUR.

Armant, qui va venir, calmera votre peine.

EUDOXIE.

Ah ! que ce soit bientôt !

SUZETTE.

Je le crois volontiers.

SAPHOUR (au brigadier).

Comment vous êtes seul ! Où sont les canotiers ?

LE BRIGADIER.

Je m'en vais les chercher ; ils viendront tout de suite.
(Il sort.)

SAPHOUR.

Dépêchez-vous : allez, courez, courez, plus vite.
(A part.)
O fâcheux contre-temps !... Que je hais ces chrétiens !
Ils sont au cabaret.

LE BRIGADIER (rentre).

Sur mes pas je reviens ;
Ils arrivaient, monsieur.

SAPHOUR (à Eudoxie).

Entrez dans cette barque ;
Et de peur que quelqu'un dedans ne vous remarque,
Avec ces pavillons, il faudrait vous couvrir.
(Eudoxie et Suzette entrent dans le canot et se cachent
sous les pavillons.)

SCÈNE IV.

LES MÊMES, LE PATRON ET LES CANOTIERS.

SAPHOUR.

C'est donc ainsi, Patron, que l'on sait m'obéir !

LE PATRON.

Monsieur notre armateur, avec raison se fâche...
Ramer jusqu'au navire, est une rude tâche ;
Afin de la remplir, prudemment, par là bas,
Nous avons tous été fortifier nos bras.

SAPHOUR (à part, en regardant sa montre).

Maintenant mon rival, est à boire, sans doute.
(Au patron.)
Je veux comme un éclair, pouvoir me mettre en route.
Que chaque homme, à son poste, en main ait l'aviron,
Le brigadier se gaffe, à pousser tout prêt.

LE PATRON.

Bon !

SAPHOUR (à part).

Néanthis ne vient pas !... Je meurs d'impatience !
Eudoxie, en tous cas, se trouve en ma puissance.

LE PATRON (dans le canot).

Tout est prêt pour partir, monsieur, dans le moment,
Où nous arriverons à bord du bâtiment.

SAPHOUR (à part).

Partons sans Néanthis... écoutons la prudence...
Non, non ; pour assouvir ma haine et ma vengeance,
Il faut que je sois sûr que mon rival est mort,
Et son amante aussi doit connaître son sort,
Pour qu'il n'occupe plus, désormais, sa pensée.
Que vois-je ! ô Mahomet ! d'une marche pressée
Arrivent, en ces lieux, Armant et Néanthis.
(Il court vite s'embarquer.)
Partons.

LE PATRON.

Pousse.

SAPHOUR.
Je donne à chacun cent louis
Pour vous faire nager avec plus de courage.

LE PATRON.
Il suffit; nous serons bientôt loin du rivage.

EUDOXIE (sortant de dessous les pavillons).
Qu'entends-je!... ô désespoir!... Sans Armant vous par-
Je suis trahie! ô ciel!   [tez!...]

SCÈNE V.

LES MÊMES (dans le canot), ARMANT, NÉANTHIS,
DOMESTIQUES.

ARMANT.
Arrêtez! arrêtez!

EUDOXIE.
Armant! viens au secours de ta chère Eudoxie.
(à Saphour et au patron qui la retiennent).
Laissez-moi dans les flots, monstres, finir ma vie.

ARMANT (à Néanthis et aux domestiques qui l'empêchent
de se jeter à la mer).
Ne me retenez pas.

EUDOXIE.
Armant! à mon secours!
(Le canot disparaît.)

SCÈNE VI.

NÉANTHIS (retenant Armant).
Ne sachant point nager, vous finiriez vos jours
Dans la mer, sans pouvoir secourir votre amante.
Mais, monsieur, j'aperçois le canot de sa tante.
TOUS ENSEMBLE (sur une pointe de rocher avancée).
On enlève Eudoxie, allez la secourir.

NÉANTHIS.
Ses rameurs plus nombreux, sur l'onde font courir
Son canot moins pesant d'une telle vitesse,
Que peut-être ils pourront joindre votre maîtresse:
Espérez.

ARMANT.
O mon Dieu! méconnu si long-temps
Je n'espère qu'en toi dans ces cruels instants.
Rends, rends à mon amour l'amante idolâtrée,
Qui toujours fut fidèle à ta loi si sacrée:
Accorde en sa faveur, ô mon Dieu! le pardon
Des crimes qu'a commis envers toi ma raison.
Ah! j'ose m'en flatter, ma voix est entendue;
Et la douce espérance en mon cœur descendue
Calme ce désespoir qui venait m'accabler:
Pouvais-tu, vaine erreur, ainsi me consoler!
Mais le ciel, Néanthis, exauce ma prière;
Les deux canots sont joints.... s'élançant la première
Eudoxie a pressé sa tante dans ses bras....
Les marins de Saphour ne se défendent pas....
On enchaîne ce monstre au canot de sa tante....
Il revient en ces lieux.... ô la plus tendre amante,
Je vais donc te revoir, te presser sur mon cœur!

SCÈNE VII.

LES MÊMES, MERVIL.
D'où proviennent ce bruit et ces cris pleins d'horreur,
Que j'avais cru long-temps être l'effet d'un songe.

NÉANTHIS.
Dans tout cet embarras c'est Saphour qui nous plonge.
Il aimait votre fille, et, pour la posséder,
A fuir avec mon maître il sut la décider.
Pour épouser Suzette amenée en Turquie,
Le poison, par mes mains, d'Armant tranchait la vie.
Mais au moment fatal, où tremblant de frayeur,
A mon maître abusé je versais la liqueur,
Ce Dieu que m'enseignait à respecter mon père,
Ce Dieu parle à mon cœur, il le touche, l'éclaire,
Montre à mes yeux l'abîme où je vais m'engloutir.
Le remords déchirant commence à me saisir;
Que je souffrais! Je tombe aux genoux de mon maître;
Mon crime est avoué; je lui fais tout connaître,
Pour arrêter Saphour nous venons en ces lieux.
Le barbare enlevait Eudoxie à nos yeux;
Mais à l'instant le ciel fait arriver sa tante;
Elle arrache à Saphour votre fille mourante.
Le canot qui les porte arrive... le voilà.

SCÈNE VIII.

LES MÊMES, EUDOXIE, Mme d'O., SAPHOUR,
Canotiers de la tante, THOMAS qui vient par le côté opposé.

EUDOXIE.
Armant! mon père!... Armant!...

ARMANT.
Eudoxie!

EUDOXIE.
Il est là!
Je le vois!... Je l'entends!... O bonheur ineffable!

ARMANT.
Bien aimée!

EUDOXIE.
A vos pieds votre fille coupable...

MERVIL.
Quoi! j'ai manqué te perdre! Ah! mon cœur agité
Se reproche à présent trop de sévérité.
Hélas! ma fille unique allait m'être ravie!
Viens dans mes bras.

EUDOXIE.
Mon père!

Mme d'O.
Achevez, je vous prie,
En lui donnant Armant de faire son bonheur.

EUDOXIE.
Ah! mon père!

ARMANT.
Ah! monsieur!...

MERVIL. (à Mme d'O.).
Sa détestable erreur...

ARMANT.
Est dissipée enfin: je ne suis plus le même.
Ce poison, ses remords, et la douleur extrême
De me voir arracher l'objet de mon amour,
Sont venus éclairer mon cœur d'un nouveau jour.

MERVIL.
Puisqu'il en est ainsi, que l'hymen vous unisse;
Et livrons, sans retard, ce monstre à la justice.
De son crime bientôt elle va le punir.
(Néanthis et Suzette se donnent la main.)

SAPHOUR.
Le Dieu de Mahomet, que je voulais servir,
En accablant de maux une race infidèle,
Qui méconnaît, hélas! sa bonté paternelle.....

NÉANTHIS.
Diable!

SAPHOUR.
En ramenant Eudoxie à ses lois:
Ce Dieu qui maintenant daigne écouter ma voix
Des coups de vos bourreaux saura bien me défendre;
Ou si, plus fortuné, mon sang doit se répandre
Pour témoigner ici que le Dieu que je sers,
Est le seul, le vrai Dieu, maître de l'univers,
Des mains de Mahomet à l'instant où j'expire,
Je reçois, dans les cieux la palme du martyre;
Et, pour prix des tourments soufferts en son bonheur,
Près des houris, je goûte un éternel bonheur.

THOMAS.
Mon très cher musulman, avec toi je parie,
Que sur un échafaud tu vas perdre la vie;
Que monsieur Mahomet, loin de te secourir,
Est lui-même aux enfers, maintenant, à rôtir;
Et qu'après ton trépas, pour prix de ta furie,
Ton âme ira l'y joindre: allons je le parie.

FIN DE L'ATHÉE.